Mit den Augen der Liebe

Melina B. Hilger

Mit den Augen der Liebe

Variationen zum Thema Liebe

Kurzgeschichten

Bibliografische Informationen der Deutschen Nationalbibliothek:
Die Deutsche Nationalbibliothek verzeichnet diese Publikation in der deutschen Nationalbibliografie; detaillierte bibliografische Daten sind im Internet über: http://dnb.dnb.de abrufbar.

© 2015 Melina B. Hilger
www.hilger-geschichten.jimdo.com

Foto auf der Umschlagseite:
Titel: Brown Eyed Girl 2
Fotograf: Nils Mehhorn
Quelle: http://piqs.de/fotos/76171.html
Lizenz: cc

Herstellung und Verlag: BoD – Books on Demand, Norderstedt

ISBN: 978-3-7386-51126

Inhalt

Die Rückkehr	9
Vergangene Orte	13
Koko und Amand	19
Schweigende Begegnung	23
Ewig junge Liebe	27
Späte Lehre	31
Der Bauer und die Katze	35
Der Menschenfreund	41
Das ungleiche Paar	45
Die Liebe einer Mutter	47
Das Unwetter	49
Die Augen eines Liebenden	53
In der Not	57
Liebe, die weh tut	61
Liebelei	65
Lieb Mütterlein	69
Die Geburt	71
Goldene Zeiten	75
Der vermaledeite Brief	79
Wahre Liebe	87
Das Muttertagsgeschenk	95
Träume finden ihren Weg	99
Verschlossene Seelen	103
Warum nur?	105
Auf der Pirsch	107
Die Übermutter	111
Auf der anderen Seite d.I.	115
Welana und die 7 Welten	119
Heimatlos	123
Bedauernswerte Geschöpfe	135
Du Angebetete	139
Puschels Seelenreise – Nachruf	143

Vorwort

Kürzlich sah ich einen französischen Film mit Gerard Depardieu, der mich tief berührte. Er handelte von der Begegnung der 94-Jährigen Margarit mit einem vierschrötigen, einfühlsamen Mann, der Analphabet war, auf einer Parkbank. Sie lehrt ihn auf sehr feine, einfühlsame Art, dass gelesene Worte eine wunderbare Welt eröffnen.

Diese ausgesprochen zartfühlende Begegnung hat mich bewogen, die Schlussworte in diesem Film als Vorwort zu schreiben, in dem es ja auch um die vielfältigen Ausdrücke von Liebe geht:

„Es war eine Begegnung der besonderen Art zwischen Liebe und Zärtlichkeit, anders kann man es nicht bezeichnen.

Sie hatte einen Blumennamen. Ich fand sie zufällig auf der Bank in meinem Park. Sie war umgeben von Namen, so gewöhnlich wie der meine.

Sie machte nicht allzu viel Schaum, nicht dicker als die Tauben mit ihren kleinen Federn, die ich täglich fütterte. Sie war umgeben von Worten und Adjektiven, die wuchsen wie Gräser. Sie wuchsen in meine Rinde bis in mein Herz. Sie gab mir ein Buch, dann zwei, voll mit Worten, manche voller Gewalt, andere ganz sanft.

Du hast noch Zeit Margarit. geh noch nicht! Schenke mir noch ein bisschen von deinem Leben. Warte, denn Liebe geschieht einfach. Stirb noch nicht. Denn Liebesgeschichten gibt es nicht nur in der Liebe. Manchmal gibt es noch nicht einmal ein 'Ich liebe dich' und doch liebt man sich.

Geh noch nicht, es ist noch nicht so weit! Ich brauche dich noch, du hast noch soviel zu geben.

aus dem Film: Defiance

Die Rückkehr

„Freut mich dich zu sehen, habe so lange auf dich gewartet." Ihre Augen sprachen diesen Satz ganz deutlich. Aber niemand merkte es. Sie verschlang ihn mit den Augen. Wärme breitete sich in ihrem Herzen und über den ganzen Körper aus. So oft schon hatte sie sich in Tagträumen diesen Moment des Wiedersehens vorgestellt, aber die Wirklichkeit war noch viel überwältigender, als die Träume es ihr vermittelt hatten. Es war unbeschreiblich, es war, als hätte er erst gestern das Dorf verlassen und käme gerade von einem Ausflug zurück. Von der Intensität ihrer Gefühle waren Ihre Knie ganz weich geworden. Sie kamen in Wellen und es fehlte nicht viel und sie wäre zu Boden gesunken.

Als er sie ansah, nein, ihren Blick suchte, schlug sie schnell die Augen nieder. Zu sehr fürchtete sie, er könnte alles darin lesen. Als sie nach zwei Minuten gefasst die Augen wieder hob, war er bereits umringt von seinen früheren Freunden. Der Blick zu ihm war verstellt und sie fast erleichtert. Die Gruppe der Männer, die ihn umringt hatten, entführten ihn zum Lagerfeuer.

Im Widerschein der Flammen erkannte sie seine markanten Gesichtszüge und sah, dass sie noch schärfer geschnitten waren als vor zwölf Jahren.

Ihre Tochter schlief im Haus und sie machte sich auf den Weg dorthin, um nach ihr zu sehen, aber auch um zu entkommen.

„Eluna", rief eine Stimme hinter ihr her. Diese Stimme, sie schnitt tief in ihr Herz, schon wieder gaben ihre Knie nach. Einen Moment lang unterdrückte sie den Impuls zu fliehen, sie wollte ihm ausweichen, und vor allem diesen, ihr den Atem raubenden, Gefühlen. Doch sie blieb stehen und drehte sich langsam um. Sie sahen sich in die Augen und da erblickte sie seine verhaltene Freude, aber auch seine Angst vor ihrer Reaktion. Sie konnte in diesen blitzenden und zugleich scheuen Augen regelrecht lesen. Es war, als hätte sie eine Antenne ausgefahren, mit der sie wahrnehmen konnte, was in ihm vorging. Sie spürte seine Neugierde, seine Freude, seine Liebe, aber auch seinen Schmerz. Sie wusste nicht, warum er damals, ohne ein Wort zu sagen, einfach verschwunden war.„Mami, wo bist du?" Sie blickten beide in die Richtung, aus der die Stimme zu hören war und sahen eine kleine Gestalt im Nachthemd, die den Hang hinunter lief. Eluna breitete die Arme aus und fing ihre

Tochter auf. „Das ist Lana, sie ist elf Jahre alt", stellte sie ihm ihre Tochter vor und zu Lana sagte sie: „Das ist Hunter, er war lange fort." Hunter blickte erstarrt auf Eluna, dann auf Lana und wieder zurück. Er war unfähig zu sprechen und nachdem sich seine Starre langsam löste, murmelte er: „Elf Jahre, mein Gott, elf Jahre."

Vergangene Orte

Alina lief durch den verlassenen Ort. Die Häuser sahen zerfallen aus, die Gärten waren vom Unkraut überwuchert. Irgendwie trostlos war der Eindruck, den ihr früherer Heimatort ihr vermittelte. Sie fragte sich ernsthaft, seit wann die Menschen hier verschwunden waren und was der Anlass gewesen sein könnte. Wenn sie an ihre Kindheit zurück dachte, fielen ihr nur Menschen ein, die so festgefügten Charakters waren, dass sie wohl niemals freiwillig ihr Zuhause verlassen hätten. Es musste wohl etwas Dramatisches passiert sein. Sie suchte angestrengt nach dem Straßennamen. Blumenbüttel 14 war ihre Adresse gewesen. Die Straßennamen, die sie von Schlinggewächsen befreite, konnte sie entweder nicht mehr entziffern oder die Namen waren ihr unbekannt. Sie war erst acht Jahre gewesen, als sie von dort umzogen und Kinder haben eine sehr selektive Wahrnehmung. Das was sie lieben oder das was ihnen Angst macht, bleibt ihnen in Erinnerung.

Sie irrte weiter durch die verwilderten Straßen und ließ sich immer wieder ablenken, weil so wunderschöne Gewächse zwischen dem brüchigen Kopfsteinpflaster empor wuchsen. Es war Unkraut, aber für sie gab es so einen Ausdruck nicht. Alles was wuchs, ob Flora oder Fauna, hatte für sie eine eigene Schönheit und so kam sie aus dem Staunen gar nicht mehr heraus. Die Pflanzen waren hier die Herrscher und das lohnten sie dem Beobachter durch bizarre Blüten und Überwachsungen. Manche der Häuser waren so überwuchert von Knöterich, Efeu, und wildem Wein, dass es schwer fiel, sie von riesigen Büschen zu unterscheiden.

Sie lief weiter durch die verwunschen wirkenden Straßen und Gärten, als sie stutzte. Hatte sie da nicht eine Gestalt gesehen? Langsam ging sie auf die Stelle zu, wo sie die Bewegung eines vermeintlichen Wesens gesehen hatte. Sie öffnete das vermoderte, halb zerfallene Gartentor, die Scharniere quietschten schmerzensreich und sie ging auf das Haus zu. Es war wild mit Blauregen überwuchert. Teile der blauen traubenähnlichen Blüten wurden ab und zu von einem Windstoß mitgenommen und schwebten einige Meter durch die Luft, ehe sie sich sachte auf die Erde legten. Alina genoss diesen Anblick und vergaß fast, warum sie hier in diesen Garten gekommen war. Sie spürte den tiefen Frieden, der von dieser Umgebung ausging.

So stand sie mit ausgebreiteten Händen, ehrfurchtsvoll im Sonnenlicht, während rund um sie her der blaue Blütenregen niederging. Sie blickte schließlich zu dem märchenhaft aussehenden Haus und die ehemals hellblaue Farbe blinkte noch zwischen den einhüllenden Gewächsen heraus. Da fiel ihr Blick auf eine hell gekleidete Person.

Es war ein Mann. Irgendwie kam er ihr bekannt vor und sie grüßte ihn freundlich. Er antwortete ihr: „Schön dass du endlich gekommen bist!" Alinas Gehirn schlug Purzelbäume. Kannte er sie? So sehr sie sich auch anstrengte, ihr fiel nicht ein, wer er war, obwohl er ihr irgendwie vertraut erschien.

„Darf ich Sie fragen, wer Sie sind?" Aber der Mann sah sie nur durchdringend an und ihr wurde allmählich unheimlich. Sie versuchte ein paar lockere Sätze: „Früher habe ich einmal hier gewohnt. Das ist lange her. Man kann hier gar nichts mehr richtig erkennen. Wie lange ist es her, dass hier niemand mehr wohnt?"

Noch immer stand dieser Fremde nur da, ohne ihr zu antworten. Aus Verlegenheit plapperte sie, scheinbar fröhlich, vor sich hin: „Sie wohnen immer noch hier? Sind hier noch mehr Menschen? Ich habe früher als Kind hier gewohnt, aber ich erkenne fast gar nichts mehr wieder." Schließlich verstummte Alina und ihr eigener Monolog hallte noch in ihr nach, als sie bemerkte, dass der Mann die Hand ausgestreckt hatte und zum Dachfenster zeigte. Sie folgte seinem Blick und da sah sie ein Schwalbenpaar in den Zweigen, ganz dicht vor dem Dachfenster. Erinnerungen fluteten plötzlich auf sie ein. Sie sah sich als kleines Mädchen am offenen Fenster. Sah, wie sie staunend das Treiben der Schwalben verfolgte, die durch die kleine Öffnung im Blätterwerk ein- und ausflogen. Sah, wie die kleine Alina begeistert die Vorgänge im Nest verfolgte, wie die gelben Schnäbelchen mit lautem Gepiepse aufgesperrt wurden, wenn die Schwalbeneltern sich näherten, um ihnen einen Wurm oder ein Insekt hineinzustopfen. Stundenlang hatte sie oft das Treiben der Vögel beobachtet.

Sie sah in ihrer Erinnerung, wie manchmal der Vater hinter sie trat, sie sanft, aber fest umfasste und sie gemeinsam weiter beobachteten. Alina geborgen in Vaters Armen, leicht hin- und herwiegend, wie ein schwankender Baum im Winde. Sie erinnerte sich an diese liebevolle, verständnisvolle Umarmung, mit allen fühlbaren Eindrücken, als wäre es gestern gewesen. Sie spürte noch einmal die ganze Liebe in dieser

Geste, spürte ohne große Worte, dass er sie geliebt hatte.

Alina befand sich nun wieder in der Gegenwart, aber mitgenommen hatte sie ein Gefühl von Traurigkeit über den Verlust des Vaters, der bei einem Auslandseinsatz als Reporter ums Leben kam, als sie noch nicht einmal Neun war.

Koko und Amand

Diese Frösche! Ja sie waren wirklich Frösche. Immer wenn es schwierig wurde, hüpften sie schnell weg, diese Angsthasen. Ja, Frösche und Angsthasen hatten sie. Koko war mutig, ihm konnte so etwas nicht passieren. Er war schon immer der Mutigste in seiner Gruppe. Wenn sie von der Nachbar-Gang angegriffen wurden, war er immer in der vordersten Reihe, sobald es darum ging zu kämpfen. Der 15-Jährige Koko war stark und alle hatten Respekt vor ihm oder war es Angst? Nein, Koko war einfach eine starke Persönlichkeit. Wenn er wütend wurde, sprühten seine dunklen Augen Blitze und sein Blick wurde so scharf, dass sogar die Hunde den Schwanz einzogen und sich jaulend davon trollten.

Amand war so stolz auf seinen großen Bruder. Es waren zwar nur zwei Jahre Unterschied zwischen ihnen, aber sie kamen ihm vor wie zehn Jahre. Amand war eher schwächlich und zart gebaut und er fand, dass er großes Glück hatte, so einen starken Bruder zu haben. Mit ihm hatte er sich immer sicher gefühlt. Keiner tat ihm etwas, denn sie wussten, Koko würde sie nicht ungeschoren lassen, wenn seinem kleinen Bruder ein Haar gekrümmt worden wäre. Ama, wie er immer gerufen wurde, lebte im Schatten seines Bruders. Aber das machte nichts aus, denn er war mit ganz anderen, für ihn wichtigen, Dingen beschäftigt. Er malte und sang sehr gerne und kämpfen interessierte ihn überhaupt nicht. Aber es schmerzte ihn, dass seine Mutter nur Augen und Liebe für ihren Ältesten hatte.

Ama hatte eine wunderschöne Stimme, fast weiblich, denn er konnte auch sehr hohe Töne singen. Dennoch hörte man Amand fast nie, wenn er sang, denn er vermied es, in Gegenwart anderer zu singen. Am liebsten trollte sich Ama in den Wäldern herum. Dort hatte er einen Lieblingsplatz und schmetterte seine selbst erfundenen Lieder, die von Sehnsucht, Leid, Freude und Liebe handelten. Dort auf seinem Lieblingsplatz, einer Lichtung, war das Echo so schön, dass es sich anhörte, als sänge er im Chor. Das liebte er.

Eines Tages hörte ihn ein Mädchen namens Marla singen. Als das Lied zu Ende war, ging sie klatschend auf ihn zu und sprach ihm ihr Lob aus. Seit diesem Tag trafen sie sich öfters im Wald. Bald verschwand seine Scheu und er sang ihr alle seine Lieder vor und sie war begeistert.

Fünf Jahre waren in das Land gegangen. Amand kehrte zur Beerdigung seines Bruders zurück. Es hieß, er wäre im Kampf gestorben.

Kurz nachdem Ama das Dorf verlassen hatte, weil ihn ein Musikagent entdeckt hatte, wurde sein Bruder von einem bekannten Boxer in die Stadt gelockt, um in dieser bezahlte Boxkämpfe zu bestehen. Er würde viel Geld dafür bekommen. Er war einer der Besten, aber irgendwann kamen noch Bessere, um sich mit ihm zu messen.

Nun lag er dort im Sarg, der verschlossen war, weil er bei seinem letzten Kampf so schlimm zugerichtet wurde, dass er nicht mehr ansehnlich hergerichtet werden konnte. Sein kurzes Leben war mit zwanzig Jahren schon vorbei, während das von Ama gerade erst anfing. Er sang auf großen Opernhaus-Bühnen in der ganzen Welt. Von überall wurde er engagiert für horrende Gagen. Er war reich geworden. Er stützte seine alte Mutter, die nun ihren Liebling, ihre große Hoffnung, zu Grabe trug.

Schweigende Begegnung

„Wer ist denn das nun wieder? Der Name sagt mir auch nichts. Gut, dann stelle ihn mir doch vor." Clara war genervt. Wen sollte sie denn diesmal unbedingt noch kennen lernen. Ihre beste Freundin meinte es gut. Sie wollte sie mit allen Mitteln an den Mann bringen. Verkuppeln, weil sie schon seit vielen Jahren allein lebte. Das wäre nicht gesund, meinte sie. Was wusste die schon von dem, was für sie gesund war? Sie glaubte, dass sie eine gute Freundin war und nahm sich heraus, zu wissen, was sie brauchte. Aber das wusste sie ja selbst nicht einmal. Gut, sie war schon lange allein, die letzte Beziehung war ziemlich schief gelaufen und sie war froh, als sie endlich von diesem Partner getrennt war. Nein, sie war erleichtert gewesen. Das Alleinsein war ihr danach wie eine Erlösung vorgekommen und sie lebte total auf. Es war eine Art Glückseligkeit in ihr aufgetaucht und das Leben war mit einem Mal plötzlich so einfach und leicht. Frühere Interessen tauchten auf und sie hatte endlich Zeit für sich selbst. Das tat ihr gut! Obwohl diese Freundin es gut meinte, waren ihr diese Treffen mit fremden Männern lediglich lästig. Sie tat es dieser Freundin zuliebe, die sich nicht vorstellen konnte, dass man ohne Mann auch glücklich sein konnte.

Lustlos machte sie sich vor dem Spiegel ein wenig zurecht, aber alles sperrte sich in ihr, sie wollte sich nicht herausputzen. Diese Männer, die ihre Freundin ihr in den Monaten vorgestellt hatte, waren es gar nicht wert gewesen, dass man seine Zeit mit Smalltalk verbrachte und schon gar nicht, dass man sich für sie zurecht machte. Aber sie brachte einfach nicht übers Herz, ihrer Freundin eine Absage zu erteilen, wo sie es doch so gut meinte. Sie musste dringend lernen, auch einmal nein zu sagen. Dies würde die letzte Verabredung sein, die sie gegen ihren Willen zuließ.

Sie hörte wie ein Wagen vor fuhr und lief schnell zur Türe. Ihre Freundin brachte sie in das verabredete Lokal und wünschte ihr viel Glück. Sie betrat das freundliche, helle Café, setzte sich an den einzig freien Fensterplatz und schaute auf den gepflegten Garten hinaus. Die gelbe Rose als Erkennungszeichen, hatte sie vor sich auf den Tisch gelegt. Vielleicht kam er ja gar nicht, überlegte sie und bestellte beim Kellner einen Cappuccino. Während sie, völlig in Gedanken versunken, in der Tasse rührte, bemerkte sie gar nicht, dass ein großer kräftiger Mann neben ihr stand und sagte: „Sie sind sicherlich meine Verabredung." Sanft legte er seine gelbe Rose neben die ihre und fragte, ob er sich setzen dürfe. Sie nickte und beobachtete den hünenhaften Mann, wie er Platz nahm.

Er blickte ihr offen, ohne Scheu, in die Augen und lächelte sie an. Da war etwas Geheimnisvolles war an ihm, sie konnte es nicht benennen, aber sie nahm es deutlich wahr. Er schwieg eine Weile und sah sie nur an. Allmählich wurde sie nervös und sie wollte etwas sagen, irgendetwas Belangloses. Aber er legte seine linke Hand auf die ihre und den Zeigefinger der rechten an seine Lippen. Sie fügte sich, entzog ihm ihre Hand nicht und sagte kein Wort. Es war ihr, als wäre die Zeit stehengeblieben. Dieser Mann vor ihr war ihr plötzlich auf so seltsame Art vertraut, dass sie es kaum glauben konnte. Sie erwiderte seinen Blick lange und verlor alle Unsicherheit. Es schien mit einem Mal die natürlichste Sache der Welt, sich nur anzusehen. Als der Ober wieder kam, um seine Bestellung aufzunehmen, ignorierten ihn beide völlig. Ohne den Blick voneinander abzuwenden, blieben sie schweigend sitzen. Der Kellner verließ kopfschüttelnd den Tisch. Zwei Monate später heirateten die beiden und nun hatten sie sich viel zu erzählen.

Ewig junge Liebe

Schon wieder, keine Ruhe hatte man bei dieser Frau. Immer brauchte sie Ansprache, Rat oder Hilfe. Wann würde sie erwachsen werden? Vor 40 Jahren, als er sie heiratete, war sie noch ein sehr junges Mädchen, da dachte er ständig, dass sich dies und jenes noch geben würde, wäre sie erst einmal älter. Aber sie blieb so kindlich, infantil, naiv und nach Aufmerksamkeit heischend, wie sie damals war, als er sie kennen und lieben gelernt hatte. Nun, er liebte sie immer noch, nur inzwischen waren ihre Allüren für ihn viel anstrengender geworden, um nicht zu sagen nervtötender. Ob wohl er auch schuld daran war, dass sie sich einfach nicht zu einer selbstständigen Frau entwickelt hatte? Es war wohl zu spät, um sich solchen Gedanken hinzugeben, da hatte er sicherlich seinen Part versäumt. Er würde wohl bis zu seinem Lebensende ein Kind zur Frau haben.

Vielleicht hätte er ihr nicht immer nachgeben sollen, als sie immer tausend Ausreden erfunden hatte, warum sie zu diesem Zeitpunkt kein Kind haben wollte. Sie wünschte mal zu reisen und diesen oder jenen Sport zu machen. Dann hatte sie vor ihre Ausbildung zu Ende zu bringen. Zuerst das Studium der Archäologie, das sie nie beendet hatte, dann die fixe Idee eine Boutique für Mode-Schmuck, die ein totaler Flop wurde. Manchmal hatte sie auch Bedenken, durch eine Schwangerschaft ihren schönen Körper zu verderben, dann wieder war es die Angst vor Schmerzen bei der Geburt. Immer war ihr irgendetwas viel wichtiger gewesen. Er hatte ständig nachgegeben und gedacht, es wird schon noch kommen. Ja, es war schon wahr, was Freunde ihm seit Jahren spiegelten. Sie war wirklich sehr verwöhnt und wickelte ihn um den kleinen Finger. Jetzt, 40 Jahre später, war es ein für alle mal zu spät und das einzige, was sie zur Familienvermehrung beigetragen hatte, waren ständig neue, arme, vernachlässigte Hunde und Katzen, die sie entweder irgendwo auflas oder aus den überfüllten Tierheimen holte.

Als er seine geliebte Angetraute rufen hörte: „Liebster, sieh doch, was Janko wieder gemacht hat!", erhob er sich seufzend und schwerfällig. Inzwischen war er ja auch nicht mehr der Jüngste mit seinen 74 Jahren. Er stieg die Treppe hinunter und sah die Lache auf den schneeweißen Fliesen des Flurs. „Mach es bitte weg, es stinkt so", jammerte sie näselnd mit zugehaltener Nase. Er blickte dieser 120 Kilo schweren Frau in die strahlenden, blauen Augen und sah ein, dass sie sich unmöglich mit all den

Pfunden bücken konnte und holte den Scheuerlappen.

Späte Lehre

"Komm Frosch, geh weiter", ermunterte der Vater die kleine Tora, "wir haben es bald geschafft." Die Sechsjährige schleppte sich an der Hand des hochgewachsenen Mannes weiter. Sie wollte tapfer sein und ihrem Vater keine Mühe machen. Aber die salzigen Tränen liefen ihr schon seit einigen Minuten die Wangen hinunter und er bemerkte es nicht.

Der stattliche Dogon war mit eigenen Gedanken beschäftigt und sah nicht, wie sehr er die Kleine überforderte. Er überlegte fieberhaft, wie sie beide den Weg heraus aus der Savanne finden könnten und hielt nach Zeichen Ausschau, die er kannte. Der Sand in seinem Mund knirschte und er hatte schon keinen Speichel mehr.

Das Wasser in der Flasche war nahezu aufgebraucht. Er hatte schon seit fast zwei Tagen keinen Tropfen mehr getrunken, nur die aufgesprungenen Lippen benetzt und nur so getan, als würde er trinken, damit Tora es nicht sah. Er musste den Rest für die Kleine aufbewahren, sie würde sonst sterben. Aber das würden sie wohl beide, wenn er nicht schnell herausfand, wo sie waren.

Er blickte herab auf die Kleine und sah erschrocken ihre Tränen und nahm sie auf die Schultern, trug sie wortlos weiter. Er war ungeschickt im Reden und Trösten.

Die Sonne stand schon tief, und sie rasteten schließlich hinter einer Düne, die ein wenig Schatten warf. Vater Tourè blickte seinem Töchterchen in die Augen, sie waren traurig und es schnitt ihm ins Herz, als er die Tränenspuren auf ihrem schmutzigen Gesichtchen vom Weinen wahrnahm. „Tut dir etwas weh?" Sie nickte. „Wo?" Sie zeigte auf ihre Füße und er entfernte vorsichtig den Sand darauf. Er sah besorgt auf die Blasen und offenen Stellen. Er konnte wirklich nichts tun, er hatte kein Desinfektionsmittel dabei, keinen Verband, nicht einmal ein Pflaster. Sie musste schon lange unter Schmerzen gelitten haben.

Er beschimpfte sich innerlich wegen seiner Unachtsamkeit und fragte sich, was er tun könnte, um ihren Schmerz zu verringern.

Da bat ihn Tora: „Bitte pusten." Er schaute sie verstört an, aber er blies, lange und immer wieder ihre Füßchen. Sie lächelte ihn an und sagte: „Weiter!" Er konnte nicht verstehen, dass ihr das Blasen ein Lächeln entlockte. Er war wirklich ungeübt in dieser Rolle. Er war der Ernährer, aber trösten und die Kinder versorgen, war die Aufgabe seiner Frau gewesen, er kannte sich damit nicht aus. Aber nun musste er wohl lernen, beides für seine kleine Tochter zu sein.

Die Sonne war untergegangen und es wurde sehr schnell kühl. Tora trank die Reste Wasser aus der Flasche und er benetzte wieder nur seine Lippen. Sie war müde und er legte den Stoff, den er um seinen Leib trug, um seine fast schon schlafende Tochter. „Sing mir das Lied Popa!", forderte sie mit schon geschlossenen Augen.

Und er fing an ein Lied zu summen, das er noch aus Kinderzeiten kannte und fast schon vergessen hatte. Er summte, weil er den Text nicht mehr wusste. Aber es reichte, Tora war friedlich eingeschlafen und er summte noch lange.

So lagen sie, friedlich aneinander gekuschelt und so fand man ihre ausgebleichten Skelette, als vier Monate später eine Karawane von Jeeps auf sie stieß.

Der Bauer und die Katze

Bauer Krambichler ging über seine Felder. Stolz war er auf sein Lebenswerk. Im Laufe seines Lebens hatte er seinen Besitz ständig erweitert. Wenn er um seine Grundstücke herum lief, brauchte er ganze sechs Stunden, um sie zu umrunden. Heute, bei strahlender Sonne, lief er seine „Jungbrunnen-Runde", wie er humorig seinen täglichen Spaziergang nannte und freute sich an dem milden Oktobertag. Noch immer sammelten sich Vogelschwärme am Himmel, um in Richtung Süden zu fliegen.

Die Ernten waren längst eingebracht und ruhten in der Scheune. Zufrieden schritt er mit seinem Stock die altbekannten Wege entlang, als er ein Geräusch hörte, das ihm fremd war. Sein Gehör und seine Augen waren mit seinen 72 Jahren nicht mehr die Besten und so konnte er eine Weile nicht erkennen, was es war und woher die Laute kamen.

Schließlich entdeckte er in einer Ackerfurche ein struppiges, kleines Kätzchen, das jämmerlich schrie. Der Bauer nahm es vorsichtig hoch und steckte es in seine innere Jackentasche. Dort passte es wunderbar hinein, so klein war es noch. Bestimmt war es erst drei oder vier Wochen alt.

Zum Glück war seine Runde bald zu Ende und er ging mit seiner leichten Last schnellen Schrittes nach Hause. Er hatte schon zwei Katzen, die waren aber die meiste Zeit unterwegs, denn dieser Bauernhof war ein Paradies für Mäuse. Er sah seine Katzen selten und sie waren auch nicht sehr anhänglich weil er wegen der vielen Arbeit nie viel Zeit zum Streicheln gehabt hatte. Aber er versäumte es nie, sie täglich zu rufen und die gewässerte Milch in den Napf zu gießen.

Als er mit dem kleinen Kätzchen zu Hause ankam, schälte er das jammernde, kleine Kerlchen aus der Jackentasche und betrachtete es lange. Es war ein Katerchen und es hatte auch ein kräftiges Stimmchen. Lange konnte es noch nicht in der Ackerfurche gelegen haben, wahrscheinlich hatte es jemand ausgesetzt. Die Farbe seines Felles war nicht zu erkennen. Der Acker war vom Regen des Vortages noch sehr matschig gewesen. Es blieb dem Krambichler nichts anderes übrig, als den kleinen Kater zu baden. Trotz heftiger Gegenwehr wusch der alte Mann ganz vorsichtig das Tier im lauwarmen Wasser.

Ein prächtiges rotes Tigerfell kam zum Vorschein und er trocknete es mit einem Handtuch. Dann setzte er sich ganz nahe an den Kachelofen.

Während die beiden da so vereint saßen, schnurrte, nein, knatterte das kleine Kerlchen vor Wohlgefallen und Dankbarkeit. Das Köpfchen schaute aus dem Handtuch gerade noch heraus, wohlig hatte es die Augen geschlossen. Währenddessen machte sich der Bauer viele Gedanken, wie er das kleine Wesen am Leben halten könnte. Er fragte sich, ob es schon fähig war zu trinken, oder ob er es mit der Flasche aufziehen müsste. Auch war es noch viel zu klein, um es so unbewacht herumlaufen zu lassen. Es könnte in einen Eimer, in eine Ritze fallen oder sich hinter dem Schrank einklemmen.

Er stoppte seine Katastrophen-Gedanken und wollte sich nicht länger all die Gefahren ausmalen. Er würde schon auf das Kleine aufpassen. Er hatte ja den ganzen Winter Zeit. Erst im Frühjahr würden seine beiden Söhne und die Enkel zum Bestellen der Felder kommen. Seit dem Tod seiner Frau, war er schon seit vielen Jahren den Winter über hier die meiste Zeit davon alleine. Dann hatte er eine Idee. Er holte den Umhängebeutel aus Stoff heraus, mit dem er zum Säen immer auf die Äcker gegangen war. Er packte das schlafende Katerchen mitsamt dem Handtuch dort hinein und hing es sich um. Nun waren keine Weizenkörner darin, aber auch ein wertvoller Samen. In dem Beutel hatte der Kleine es warm und sicher. Ein bisschen fühlte sich der Bauer wie ein Känguru, aber es war wirklich sehr zweckmäßig und er war schon immer für bequeme Lösungen.

Endlich wachte das Katerchen auf und begann sofort wieder heftig zu schnurren. Der Bauer nahm ihn aus dem Beutel heraus und setzte ihn auf die Dielen. Tollpatschig und schwankend lief Beutelchen, so nannte ihn der Krambichler, umher und erkundete die neue Umgebung. Die angebotene Milch schleckte er erst einmal vom Finger des alten Mannes, dann schaffte es der kleine Kater sogar, aus dem Napf zu schlabbern. Er würde also überleben, und dem Bauern wurde es ganz warm ums Herz.

Von diesem Tag an trug der Bauer seine winzige, kleine Last die meiste Zeit der folgenden Wochen in seinem Säbeutel umher. Auch auf seiner täglichen Jungbrunnen-Runde war der Kleine auf diese Weise dabei. In der Wohnung folgte ihm Beutelchen auf Schritt und Tritt, vermutlich hielt er ihn für seine Mutter. Viele Jahre blieben die Beiden vereint und freuten sich aneinander. Beutelchen war die einzige Katze, die es nie so sehr nach draußen zog, wie all die anderen, die auf dem Bauernhof aufgewachsen waren. Sie schliefen auch in der Nacht gemeinsam im Bett. Beutelchen immer am Fußende.

Als der Bauer mit 88 Jahren verstarb, fand man das Beutelchen auf seiner Brust sitzend. Die Angehörigen verjagten ihn, als sie das sahen. Und ab an hat niemand mehr den roten Kater gesehen.

Der Menschenfreund

Gernot ging ruhig durch die Straßen. Die Häuser lagen verlassen da. Keiner wollte sich ohne zwingenden Grund draußen bei der Hitze aufhalten. Aber ihn störten die 37 Grad im Schatten kaum. Auf seinen vielen Reisen, im Laufe seines Lebens, war er auch schon in der Wüste gewandert und machte sich aus diesen Temperaturen hier nicht viel.

Obwohl er bereits über neunzig Jahre alt war, schritt er kräftig aus und seine Gestalt glich, zumindest von weitem betrachtet, eher einem Vierzigjährigen. Aus der Nähe allerdings, wenn man in das braun gebrannte Gesicht blickte, sah man die vielen Krähenfüße um die Augen herum und auch um den Mund hatten sich tiefe Furchen eingegraben. Doch seine Augen blitzten so wie die eines Jünglings. Wach, sprühend und freundlich blickten sie jeden an, der sich ihm näherte. Sein Blick war intensiv, zog alle in seinen Bann und war von einer beinahe unheimlichen Präsenz.

Jeder der mit Gernot zu tun hatte, erfreute sich an dieser wachen und uneingeschränkten Aufmerksamkeit, die durch seine Anwesenheit entstand. Dann fühlte sich sein Gegenüber wie der wichtigste Mensch auf der Welt.

Diese absolute, zeitlose Zuwendung allein schon wirkte auf die Rat- und Hilfesuchenden wie ein Wunder. Manch einer fühlte sich davon bereits geheilt oder sah seine Not um vieles gelindert. Gernot war auch ein wunderbarer Ratgeber und Tröster. Durch seine absolute Zugewandtheit begannen die Verzagten, ihm ihre Herzen auszuschütten.

Wenn die Hilfesuchenden dann ihr Herzensgefäß ganz bei ihm entleert hatten, kamen nach einiger Zeit des Schweigens immer wunderbare, erhellende Worte aus Gernot. Es waren keine großartigen Reden oder weise Sprüche, sondern wenige Worte, die das Gegenüber mitten ins Herz trafen, weil sie von einer so großen Seelenweisheit und Einfachheit waren, dass sich der Suchende erkannt und verstanden fühlte. Danach, wenn sie Gernot nach solchen Gesprächen verließen, fühlten sie sich hoffnungsvoll, geborgen und voller Dankbarkeit. Fast immer fand Gernot am nächsten Tag ein paar Früchte, ein frisch gebackenes Brot oder sogar ein paar Dinar vor seiner Türe.

Die Menschen hier waren arm und versuchten ihre Erleichterung über die kostenlose Hilfe auf ihre, ihnen mögliche Art, zu zeigen.

Wenn Gernot am Morgen die Gaben vor seiner Türe mit einem Lächeln einsammelte, wusste er, dass er wohl wieder heilsam auf die Seelen eingewirkt hatte. Dieses Wissen war ihm eigentlich Lohn genug, aber ihm war klar, dass freiwilliges Geben ein wichtiges Gut war und so nahm er diese Naturalien und kleinen Geschenke gerne an.

Er hatte gerade seine Mittagsrunde durch das Dorf beendet, war zurückgekehrt in sein karges Zuhause und dachte fast bedauernd: „Heute hat mich niemand gebraucht." Er beruhigte aber sein Gemüt indem er sich sagte, dass es heute allen gut ging. Da klopfte es zaghaft an seine Holztüre. Gernot öffnete sie und sah ein junges Mädchen mit gesenktem Kopf vor sich stehen.

„Komm herein Liebes, hier drin ist es kühler", forderte er sie auf. Er zeigte auf das Kissen und sie nahm zögerlich darauf Platz. Schweigend saßen sie sich gegenüber. Lange dauerte es, bis das Mädchen den Blick heben und ihn zaghaft anschauen konnte.

Aber als die Augenverbindung erst einmal hergestellt war, spürte man förmlich, wie sich Erleichterung im Körper des Mädchens ausbreitete. Der weise Mann ihr gegenüber fing an zu sprechen, obwohl er das sonst nie tat, ehe ihm nicht seine Besucher ihr Anliegen vorgebracht hatten. Aber ihr langes Schweigen und ihr ganzes Verhalten war so beredt, dass er genug zu wissen glaubte. „Liebe junge Frau, ich kenne deinen Namen nicht. Aber deine Seele hat deutlich zu mir gesprochen.

Ich antworte dir zu deinen beiden Problemen und sage ein zweifaches Ja. Ich sage ja, du kannst dein Kind hier zur Welt bringen. Und ich sage ja zu deinem Anliegen, meine Schülerin zu werden. Ich freue mich. Einen Schüler oder eine Schülerin wünsche ich mir schon seit langem. Also nimm den Teppich da drüben, lege ihn auf die Erde dort hinten und belebe diese Hütte so, dass sie dir und deinem Kind ein Zuhause wird."

Zwölf Jahre später öffnete jeden Morgen ein elfjähriger Junge die Türe und rief dann meist: „Mutter, heute sind es die schönsten Früchte, die du dir vorstellen kannst" und er trug den Korb hinein. Und Gernot lächelte sein liebevollstes Lächeln, von ganz oben herab.

Das ungleiche Paar

"Jetzt freu dich doch", mahnte Erlandus seine Frau. „Immer bist du so griesgrämig, warum bloß? Was fehlt dir denn zu deinem Glück, du hast doch alles." Lindana schüttelte nur den Kopf und gab keine Antwort. Im Stillen dachte sie: „Du Tor, was weißt du schon." Sie erklomm mühsam die letzten Meter auf dem Hang. Erlandus verstand seine Frau nicht, warum war sie nicht glücklich? Er gab sich solche Mühe und las ihr jeden Wunsch von den Augen ab.

Das Einzige, was er ihr nicht geben konnte, wozu sie beide nicht fähig waren, war gemeinsam Kinder zu bekommen. Natürlich schmerzte ihn das auch, aber um nichts in der Welt hätte er eine andere Frau genommen. Er war, trotz dieses Umstandes, sehr glücklich und er fand auch, dass sie prächtig zusammen passten. Sie war ausnehmend hübsch in ihrem schillernden Blau.

Sicher, in seiner Verwandtschaft waren sie alle dagegen gewesen: „Das geht doch nicht! Ihr könnt euch nie vermehren! So was tut nicht gut! Schuster bleib bei deinen Leisten! Ihr werdet schon sehen, Gott wird euch strafen!" So ging es die ganze Zeit. Es war so schlimm, dass sie sich entschlossen, wegzuziehen. Aber jetzt waren sie schon vier Jahreszeiten von ihrer Heimat weg. Diese ständigen negativen Reden hatten aufgehört und es gab wirklich keinen Grund mehr traurig oder sauer zu sein.

Den ganzen Tag konnten sie sich auf dem Weinberg tummeln und jetzt im Hochsommer, wo manche Trauben schon voll herangereift waren, hatten sie praktisch ein Schlaraffenland. Sie konnten bereits, die schon etwas frühreifen Weintrauben vertilgen und sich den Bauch mit diesen wunderbar schmeckenden, gärenden Früchten vollschlagen. Ihren Schwips konnten sie dann anschließend im Schatten der großen Blätter ausschlafen. Es gab so gut wie niemanden, der sie hier störte oder gar bedrohte. Im Schutze der langen Reihen der Weinpflanzen ließ es sich ungestört verweilen. Man hatte schließlich gelernt, sich auch vor der Entdeckung des Weinbergbesitzers zu schützen, der ab und zu auf Stippvisite kam. Er hatte sie auch noch nie entdeckt.

Seine Frau nippte gerade an einer überreifen blauen Traube und er tat es ihr nach.Kurz danach lagen sie halb betrunken im hohen Gras, sie die, blau schimmernde Mistkäferin neben dem tiefschwarz-glänzenden Hirschkäfer und ruhten sich lange aus.

Die Liebe einer Mutter

Keine einzige Minute konnte Leopoldi ruhig sitzen, es war als hätte er eine Rakete im Hintern, die ihn immerzu hin und her warf. So schnell wie er sich bewegte, war es kein Wunder, dass er alle Gefährdungen übersah und sich überall stieß und verwundete. Dumm war auch, dass er scheinbar überhaupt keinen Schmerz wahr nahm.

Die meisten Menschen begriffen gar nicht, dass dies eine Art von Fluch war. Denn es gab auch keine Warnung vom Körper, die darauf aufmerksam machte, verletzt zu werden.

Sie waren schon vielen verständnislosen Menschen begegnet, die sich sogar darüber amüsierten, wenn Leo seine Hand in eine Flamme hielt und dabei noch lachte. Sie musste dann wieder viele Tage besonders aufpassen, dass sich die Brandwunden gut unter ihrer Pflege schlossen. Einen Verband auf Leopolds Körperteilen zu befestigen, war eine höchst schwierige Angelegenheit. Keine fünf Sekunden hielt er still, damit sie das Pflaster oder gar einen Verband anbringen konnte. Beinahe laufend war die Mutter hinter ihm her, während sie versuchte, die immer wieder nötigen Verbände anzubringen.

Es war schon anstrengend mit ihm, aber sie liebte ihr 'Äffchen', wie sie ihn immer liebevoll nannte. Sie hatte ihn ja geboren und schließlich konnte er nichts dafür, dass er diese Krankheit hatte, die ihn ständig zu unwillkürlichen Bewegungen veranlasste. Seine Mutter war davon überzeugt, dass es an den Umständen der Geburt lag, dass er so geworden war. Sie waren nämlich gerade auf der Flucht vor den Schergen der Miliz, als die Wehen kamen. Sie musste, trotz der Schmerzen weiter, manchmal auf allen Vieren. Es war lange nicht möglich anzuhalten, um die Geburt stattfinden zu lassen. Sie war davon überzeugt, dass diese Todesangst und das Weglaufen vor diesen mordlustigen Verfolgern, ihm dieses Leiden auferlegt hatte, unter dem er bis heute noch litt. Trotz allem, sie liebte ihn unaussprechlich. Sie allein wusste, dass er ein reines, liebevolles Herz hatte. Sie spürte es immer am Ende des Tages, wenn er abgekämpft und müde, in ihre Arme flog und sie ihn wiegte und wiegte, bis er einschlief. Sogar im Schlaf zuckten seine Glieder noch und er stieß seltsame Laute aus. Dann saß sie immer noch lange an seinem Bett und betrachtete ihn liebevoll, sah das wunderschöne Lächeln auf seinem Gesicht und konnte nicht verstehen, dass sein Vater ihn schon vor 30 Jahren verlassen hatte.

Das Unwetter

„**K**omm endlich Madita, es wird gleich anfangen zu regnen. Schau die dunklen Wolken am Himmel", rief Violetta zur kleinen Schwester, die vor sich hin trödelte.

Immer dasselbe, nie hörte sie auf ihre große Schwester und sie riss sich ganz bestimmt nicht freiwillig um die Aufgabe, überall mitzunehmen. Sie würde sich jetzt auch viel lieber mit ihren Freundinnen treffen. Ihre beiden Lieblingsfreundinnen waren schon richtig sauer auf sie, weil sie immer die Vierjährige mit im Schlepptau hatte, die dauernd quengelte oder die volle Aufmerksamkeit forderte. Sie war ein richtiger Störenfried, diese Schwester, die einfach nicht das machte, was sie sollte. Durch das ständige Zusammensein mit den Teenagern war sie schon richtig altklug geworden. Alles wusste sie besser, obwohl sie keine Ahnung hatte.

Ein greller Blitz und ein gleich darauf folgender, beinahe das Trommelfell zerreißender, Donner riss Violetta aus ihren unerfreulichen Gedanken. Sie blickte nach Madita zurück, doch die war verschwunden. Ein eiserner Griff umfasste ihr junges Herz. Wo war sie? Violetta rannte zurück zu der Stelle, wo sie ihre kleine Schwester das letzte Mal gesehen hatte. Sie war weit und breit nirgends zu sehen. Sie rief laut nach Madita, aber ein erneuter Donnerschlag übertönte ihre Rufe. Und nun setzte auch noch ein heftiger Regen ein, die großen Tropfen schlugen prasselnd auf sie herunter. Wenn es nur keinen Hagel gab.

Instinktiv sah sie sich nach einem Schutz um und fragte sich, „wo war sie nur, diese unfolgsame, eigensinnige Schwester? Mutter würde sie lynchen, wenn sie ohne sie nach Hause kam". Sie schluckte und spürte den Kloß in ihrem Hals überdeutlich. Nun kam auch noch der starke Wind dazu. Sie hatte Mühe sich aufrecht zu halten und stellte sich in den Schutz eines riesigen Fichtenbaumes. „Mein Gott, die Kleine", fuhr es ihr durch den Kopf, „sie konnte bei diesem Unwetter geradezu weggefegt werden". Panisch rief sie immer wieder und wieder nach ihrer Schwester. „Wo war sie nur? Sie würde sich zu Tode ängstigen. Vielleicht hatte sie sogar ein Blitz getroffen. Wahrscheinlich lag sie weinend auf den Waldboden ins Moos gekrallt. Geschah ihr ganz recht!"

Wie konnte sie ihrer großen Schwester nur soviel Kummer bereiten? Das Unwetter dauerte nur zehn Minuten, aber Violetta fühlte sich wie ihre eigene Großmutter, als es vorbei war. So sehr nahm sie das Verschwinden von Madita als Last in ihre Seele hinein. Sie betete nicht oft, aber in diesen zehn Minuten hatte sie alle Gebete, die sie kannte, herunter gebetet, unterbrochen von verzweifelten Hilferufen an Gott. Insgeheim versprach sie, dass sie nie wieder mit ihrer Schwester schimpfen würde, wenn er ihr nur helfen würde, sie unversehrt zu finden.

Als Wind und Regen nachließen, lief sie laut rufend durch den Wald. Bereits nach zwanzig Metern sah sie ein Rot durch die Sträucher leuchten. Das rote Kleid von Madita hatte die gleiche Farbe. Violetta stürzte mit bangem Herzen auf das Rot zu und sah ihre Schwester in einer flachen Mulde, nach vorne gebeugt, aber offensichtlich lebend. Bei aller Anspannung fing sie an zu schreien: „Was fällt dir ein, du undankbares Geschöpf, wie kannst du...." Doch sie besann sich auf ihre Gebete und Versprechungen und verstummte.

Madita drehte sich um und rief völlig durchnässt, aber strahlend: „Schau Violetta, was ich gefunden habe."

Die Augen eines Liebenden

Komm in die Schaukel Luise... oder wie hieß das Lied? Egal, er schwebte wie auf Wolken, denn er war total verliebt. Es war ihm zum Singen und zum Jubeln zumute. Alles liebte er an ihr. Wie sie lachte, wie ihre Grübchen dabei auf den Wangen tanzten. Er fand alles an ihr unglaublich reizend. Ihre scheue, nervöse Art, ihren Gang, wie sie neben ihm lief und wie sie manchmal stolperte, wenn sie versuchte, mit seinen großen Füßen Schritt zu halten. Er fand all das einfach anrührend. Ihre Stimme war leise und trotzdem lebendig, ein leichter Singsang war darin zu hören, dem er am liebsten ununterbrochen zugehört hätte. Ihre kleinen Hände, die gerade mal seinen Handteller ausfüllten, waren so zerbrechlich und bewegten sich ständig, wie fliegend, über alles, was in ihrer Reichweite war.

Ihre Fragen, die sie an ihn stellte, waren unsicher und nach Zustimmung heischend, so als erwarte sie immer eine ablehnende Antwort aus seinem Mund. In ihrer Gegenwart fühlte er sich wie ein großartiger Beschützer, endlich für jemand sorgen können. Es fühlte sich an, als wäre er genau dafür geboren worden. Er, der immer cool, laut und bestimmend von all seinen

Freunden wahrgenommen wurde. Er fühlte sich butterweich in ihrer Gegenwart und mutierte selbst zu einem zerbrechlichen Wesen. Wenn er in ihrer Nähe war, klopfte ihm sein Herz bis zum Halse hinauf und wenn sie dann noch ihre Hand auf die kleine Grube zwischen seinen Schlüsselbeinen legte, wusste er, dass sie so sein Befinden perfekt spüren konnte, ohne ein Wort zu sagen.

Manchmal war er wie elektrisiert, wenn sie ihn flüchtig berührte und für einen langen Moment musste er den Atem anhalten, weil er Angst hatte, unter dieser Berührung sofort zu zerspringen. In ihrer Nähe vergaß er alles, was sonst niemals aus seinem Bewusstsein verdrängt worden war. Seit er sie kannte, kam er zu spät in die Firma, vergaß Termine oder ließ sie einfach ausfallen. Seine Arbeit erschien ihm plötzlich fade und langweilig. Wie konnte das ihm, dem Workaholic passieren, dem die Arbeit, seit er seine Ausbildung beendet hatte, immer das Wichtigste war.

In den Zeiten, in denen er dieses Wesen, das er wie von einem anderen Planeten empfand, nicht sah, fühlte er sich leer und nutzlos. Seine Gedanken kreisten dann nur um sie und um das, was beim nächsten Treffen wohl geschehen würde. Wenn sie dann zum ausgemachten

Zeitpunkt auf der Bank saß, wurden ihm, dem hünenhaften, starken Mann, für einen Moment lang die Knie schwach.

Heute war sie wieder unendlich niedlich, wie sie da aufrecht auf der Parkbank saß, die Hände im Schoß gefaltet. Sie hatte ein dunkelblaues, etwas älteres Kleid an, das ihre blonden Haare wundervoll zur Geltung brachte. Als er näher kam, sah er, dass sie das Kleid falsch zugeknöpft hatte. Ein Knopf war ausgelassen und so machte sie einen leicht schiefen Eindruck, wie sie da so saß.

Mit einem leisen „Hallo", nahm er neben ihr Platz und legte den weißen Stock zur Seite, der neben ihr an der Bank lehnte.

In der Not

Guter Gott, er trat schon wieder gegen die Wand. Hörte das denn nie auf. Er hatte seine Wut einfach nicht im Griff. Was sollte sie nur tun. Es gab schon fast gar nichts mehr, was sie nicht schon versucht hätte. Als Mutter hatte sie mit dem Lehrer gesprochen, mit dem Psychologen einer Beratungsstelle und mit befreundeten Pädagogen. Sie hatte sich obendrein, schon seit Jahren viele Ratgebersendungen angeschaut, im Internet gesurft und sich an sogenannte Koryphäen auf dem Gebiet der Psychologie und Pädagogik gewandt. Alle hatten viel zu sagen, aber letztlich hatte keiner der Ratschläge irgendetwas geholfen. Sie hörte wieder den Knall gegen die Wand, diesmal hörte es sich anders an, irgendwie hohl und dieses Geräusch wiederholte sich mehrmals. „Er wird doch nicht…?"

Sie rannte so schnell sie konnte durch den Flur, riss die Kinderzimmertüre auf und sah ihren blutüberströmten Sohn Oliver schluchzend auf dem Boden liegen. Immer noch schlug er mit dem Kopf auf den Boden in einem rasenden Rhythmus. Schnell schob sie die Hand zwischen Boden und Kopf und sah sich die Verletzung an.

Zum Glück war sie Krankenschwester und konnte eine schlimme Wunde von einer weniger schlimmen unterscheiden. Es blutete zwar stark, aber es war nur eine Platzwunde. Liebevoll nahm sie ihren fünfjährigen Olli in die Arme, wiegte ihn und schaukelte ihn in ihrem Schoß hin und her. Langsam wurde er ruhiger.

Ihr Mutterherz beruhigte sich allmählich. Sie begann ein Liedchen zu summen, das vom Bär Fridolin handelte, das er so liebte und ihn, wie immer, schläfrig machte. Sie stand auf und legte ihre geliebte Last vorsichtig auf das Bettchen.

Der starre Blick in Olivers Gesichtchen sagte ihr aus Erfahrung, dass er sich aus seinem Körper entfernt hatte. Sie kannte das von den vielen Malen, in denen er solche Anfälle hatte. Er schien jetzt in einem friedlichen Raum zu sein, sie erkannte das an seinem Lächeln, das um seinen vollen Mund gezeichnet war.

Sie holte warmes Wasser sowie einen Waschlappen und wischte ihm zärtlich die blutverschmierten Haare sauber. Sie desinfizierte seine Wunde, zum Glück musste sie nicht genäht werden. Sie blieb noch lange auf der Bettkante sitzen. Liebevoll betrachtete sie den völlig abwesenden Jungen und sie spürte ihre Hilflosigkeit. Wie konnte sie ihm nur helfen? Was sollte sie nur tun? Sie rief Gott und alle Engel an:

„Bitte helft doch! Ich weiß einfach nicht weiter!" Tränen liefen der verzweifelten Mutter die Wangen herunter und sie schloss müde ihre Augen.

Da spürte sie eine Bewegung und ein sanftes Streicheln auf ihrer linken Hand. Sie öffnete ihre Augen und Oliver kniete auf dem Bett vor ihr und sagte mit weicher, leiser Stimme: „Mumilein, ich bin hungrig. Bitte mach mir meinen Grießbrei."

Mit noch immer feuchten Augen umarmte sie ihren Olli. Dieser legte ganz fest seine Ärmchen um sie und flüsterte: „Der schöne Engel hat gesagt, du sollst nicht so traurig sein."

Liebe die weh tut

Naiv nannten sie sie. War sie das wirklich? Dania fragte sich das unentwegt. Na wenn schon, sollten sie das eben von ihr denken. Sie würde ihre große Liebe niemals aufgeben. Sie meinten, sie würden nicht zusammenpassen. Was wussten die schon, sie kannten ihn ja überhaupt nicht, nur vom Hörensagen und das auch nur von dem, was sie über ihn gesagt hatte.

Wieso kamen diese überheblichen Menschen eigentlich dazu, so vernichtende Urteile über ihren Angebeteten zu fällen? Was hatte denn bei ihnen all die Ablehnung ausgelöst? Sie hatte doch nur Positives vermittelt, so jedenfalls schien es Dania. Sie grübelte lange darüber nach, versuchte sich zu erinnern, was sie diesen Selbstgerechten erzählt hatte.

Ah ja! Sie hatte ihnen zum Beispiel erzählt, dass Karl seinem Namen wirklich Ehre machte. Karl hieß nämlich im Niederdeutschen (20. Jahrhundert) ‚freier Mann' und diesem Namen machte er wirklich alle Ehre. Karl war ungebunden, verfolgte mit Vehemenz und Zielstrebigkeit all das, was er sich vorgenommen hatte. Er ließ sich nicht beirren, von nichts und niemanden. Das bewunderte sie an ihm. Sie selbst war da ganz anders, sie fühlte sich immer leicht verunsichert, wenn jemand eine andere Meinung als sie hatte. Dann kam sie immer in Versuchung, sich zu fragen, ob sie mal wieder falsch lag. Dania überlegte weiter, was sie ihren Freundinnen vorgeschwärmt hatte. Ja stimmt. Sie hatte ihn als sehr gutaussehenden, kräftigen Mann beschrieben. Und wie er das war, sie fühlte sofort ihr Herz pochen, wenn sie ihn erblickte. Sein intensiver Blick traf sie im Zentrum. Wenn er mit seinen Augenbrauen zuckte, fühlte sie sich an ihren Vater erinnert, wenn der ihr einen kritischen Blick zuwarf, was immer dann geschah, wenn sie etwas angestellt hatte. Und obwohl meist auf diesen Blick ihres Vaters eine schmerzhafte Strafe folgte, so war es doch diese Aufmerksamkeit, die er plötzlich auf sie richtete. Diana war der Schmerz, der darauf folgte, egal. Gezählt hatte nur die Aufmerksamkeit.

Karl war da ganz anders. Er schlug sie nie. Auch er hatte diese Eigenheit ihres Vaters und wies sie augenbrauenzuckend zurecht, nur ohne sie zu schlagen. Höchstens, dass er sie hart am Oberarm packte und sie von etwas wegzog, wenn sie seiner Meinung nach zu lange irgendwo herum stand oder ihm nicht sofort folgte.

Auch hatte er die Angewohnheit immer vorauszugehen. Sie liebte es, wenn er zwei, drei Meter vor ihr ging. So konnte sie ihn von hinten ungestört betrachten, seinen männlichen Gang, sein schütteres, bereits grau werdendes Haar. Sie bewunderte seine Stärke, mit der er unbeirrt ausschritt, mit dieser unglaublichen, erstaunlichen Selbstsicherheit, neben der sie sich völlig geborgen fühlte und ihm total vertraute.

Ja, sie würde ihm folgen, mit Freude und Zuversicht. Sie würde dasselbe tun wie ihre Mutter. Sie würde ihn heiraten, ihm Kinder gebären, so viele wie nur möglich. Aber er würde diese Kinder nicht schlagen, so wie sie geschlagen wurde. Er war nicht so, er schlug sie nicht, so wie ihr Vater ihre Mutter geschlagen hatte.

Nein, ihre Freundinnen hatten nicht recht. Sie waren nicht wirklich ihre Freundinnen, denn sonst würden sie sehen, dass dieser Mann ihr Traummann war und es gut mit ihr meinte.

Sie waren mittlerweile an der Wohnungstüre angekommen. Sie traten ein, er schloss die Türe hinter sich, warf die Lederjacke auf den Boden, packte Dania hart am Arm und zerrte sie ins Nebenzimmer. Dort schmiss er sie auf das Bett und stürzte sich auf sie. Dania blickte auf den Riss an der Zimmerdecke und fühlte nichts.

Liebeliebelei

„Kravutisch könnte man werden", schrie Egmont in die Nacht. Er lief den Hang in fast völliger Dunkelheit hinauf. In so einem Fall musste er einfach rennen, je schneller desto besser. Nur so konnte er die Spannung in seinem Körper und den Zorn in seinem Herzen einigermaßen bändigen.

Er raste bergauf und, das war ja abzusehen, fiel…. Irgendetwas lag auf seinem Weg, das er in der mondlosen Nacht nicht gesehen hatte. Er stand auf, schüttelte seine Glieder und klopfte sich den vermeintlichen Staub von den Hosenbeinen. Dann bückte er sich und tastete nach dem, was ihn zu Fall gebracht hatte.

Er fühlte eine Erhebung, es schien ganz glatt und irgendein Muster war darauf und das „Ding" bewegte sich. Gerade als er diese Bewegung wahrgenommen hatte, ertönte eine Stimme: „Pass doch auf, ich bin doch kein Holzklotz!" „Wer bist du denn?", rief Egmont erschrocken. „Ich bin Hilda, aber was spielt das für eine Rolle, ich bin ein lebendiges Wesen und du kannst mich nicht kicken wie einen Fußball, du elender Wurm!" „He, also das geht zu weit, ich lass mich von dir nicht als Wurm beschimpfen, du kriechst

doch selber auf der Erde herum wie ein Wurm!",
rief Egmont verärgert.

Daraufhin antwortete das lebendige Wesen nur mit einem: „Phhh." Egmont war neugierig und wollte herausfinden, was da zu ihm sprach: „Sag schon, wer oder was bist du denn? Ich entschuldige mich auch für den unsanften Tritt, den ich dir gab, als ich in der Dunkelheit gestolpert bin. Ich habe dich einfach nicht gesehen."

„Was spielt das schon für eine Rolle, wer oder was ich bin. ICH BIN! Basta", antwortete es ihm aus der Schwärze. „Na dann eben nicht", meinte Egmont und stapfte weiter. Da hörte er hinter sich die Frage: „Warum bist du so wütend, dass du so blind durch die Gegend hetzt?" „Ich soll dir was verraten, wo du mir nicht mal sagst, wer du bist?", erwiderte Egmont. „Hast du mir denn etwa verraten, wer du bist?", fragte die unsichtbare Stimme.

Egmont wurde nachdenklich: „Ja, das ist wahr. Also wir fangen von vorne an. Ich bin Egmont, ein menschliches Wesen und mache einen Spaziergang in der Nacht. Besser so?" „Ich bin Hilda und eine Wahrsagerin und hasse es, wenn Leute mich belügen." „Hmm, also ich belüge dich nicht", meinte Egmont. „Und ob du das tust!", erwiderte Hilda. „Wo lüge ich?" „Na, das mit dem

Spaziergang." „Ja, gut, es war kein richtiger Spaziergang, eher ein Lauf, weil ich ganz schön wütend war und um mich abzureagieren." „Siehste und wenn du nicht so wütend gewesen wärst, dann hättest du mich auch nicht übersehen." „Wie denn das, es ist doch stockfinster, da hätte ich dich auch übersehen, wenn ich eine Schnecke gewesen wäre", meinte Egmont. Hilda erwiderte: „Wenn du nicht wütend den Berg herauf gerannt wärst, dann wären wir uns gar nicht begegnet." „Wie denn das?", fragte Egmont. „Denke darüber nach!" „Papperlapp, du komische Kröte."

Egmont wurde schon wieder wütend und hatte Mühe mit der Höflichkeit. „Warum wirst du schon wieder so gemein, habe ich dir etwa etwas getan?", war Hildas Gegenantwort. „Ja, du bist eine Besserwisserin", entgegnete ihr der immer wütendere Egmont. „Das habe ich nie geleugnet, denn Wahrsager wissen immer alles besser und früher als andere. Ich habe dir doch gesagt, dass ich eine Wahrsagerin bin." Hilda verlor nun langsam auch ihre Ruhe und meinte nur noch: „Weißt du, ich sag dir jetzt nur noch eines. Geh nach Hause, zügel deine Launen und dann wirst du sehen, dass dort in deiner Kammer ein Wesen sitzt, das auf dich voller Liebe wartet und wenn du dich besinnst und dieses Wesen in seiner wahren Art erkennst, wirst du all deinen Ärger verlieren und dich beruhigen. Und du musst dich gar nicht in der dunklen Nacht auf holperigen Wegen aufhalten und dabei fremde Wesen kicken."

Mit den letzten Worten entfernte sich die Stimme von Hilda bereits und dann stand Egmont ganz allein in der Dunkelheit. „Komisch", dachte er, aber er befolgte die Weisung und ging nach Hause.

Als er erwartungsvoll die Türe aufmachte, sah er sich neugierig um, aber seine Freundin, mit der er sich vor einer Stunde noch tierisch gestritten hatte, war nicht da. Enttäuscht verschloss er die Haustüre hinter sich, zog die Jacke aus und dachte: „Wie konnte ich der blöden Hilde überhaupt glauben, von wegen Wahrsagerin!"

Er holte sich ein Bier aus dem Kühlschrank und setzte sich auf die Couch neben seine Katze. Er streichelte sie zärtlich und murmelte: „Na liebe Hildegard, du bist doch meine treue Seele, gell, mein Kätzchen, du verlässt mich nie!" Und mit einem Mal fühlte er sich äußerst friedlich.

Lieb Mütterlein

Fing nicht so ein uraltes Lied an? Sie erwachte mit dem Anfang der Melodie im Ohr. Nur den Text fand sie nicht mehr in ihrem Gedächtnis. „Mütterlein, wieso Mütterlein?" Ihre eigene Mutter konnte man wahrlich nicht so nennen. Sie war alles beherrschend, eine starke, rigorose Mutter, die keinen Widerspruch duldete. Es war gut, dass sie es nicht mehr erlebt hatte, wie ihre Enkel aufwuchsen. Sicherlich wären Einmischungen nicht zu vermeiden gewesen.

Auch im Alter hätte sie bestimmt ihre schroffe Art nicht abgelegt. Dafür war sie wirklich dankbar. Das Motto ihrer Mutter trug zwar viel Wahrheit in sich, wenn sie sagte: „Wer nicht stark genug ist zu leben, der sollte früh abtreten." Stärke hatte für Melinda inzwischen eine völlig andere Bedeutung, wie ihre Mutter das sicher gemeint hatte. Für Melinda war Stärke nicht Härte und Unnachgiebigkeit. Wahre Stärke war für sie Selbstüberwindung und Toleranz den Unfähigkeiten anderer gegenüber und auch Mut gehörte für sie dazu. Ihre Generation war nicht mehr stählern zu sich und den anderen. Jedenfalls war es nicht ihr Ziel, ihre Kinder zu ellbogenstarken und „Durchsetzung um jeden Preis"-Menschen zu machen. Sie wollte ihren beiden Jungs all ihre Liebe zeigen und ihnen vermitteln, dass es wichtigere Werte gibt, als folgsam den Willen der Eltern zu erfüllen.

Sie würde es besser machen, viel besser. Ihre beiden Söhne würden mitfühlende Männer, die ihre Frauen achteten und liebevolle Väter werden, die auf die Bedürfnisse anderer Menschen eingingen. Niemals würde sie die alten Fehler ihrer Mutter wiederholen und ihre Söhne mit drakonischen Drohungen und Strafen erziehen. Sie würde sie lieben und ihnen keinesfalls etwas aufzwingen. Sie sollten sich ihre Grenzen selbst suchen.

Sie sah zufrieden ihre beiden Jungs am Strand spielen. Sah wie Manuel und Karim einträchtig im Sand spielten, weit ab von den tobenden Touristenkindern.

15 Jahre später trat Manuel in einer Travestieshow auf und Karim zog mit einer Gruppe Glatzköpfiger in Springerstiefeln durch das Land.

Fassungslos fragte sich Melinda nun, wie sich ihre Ideen so ins Gegenteil verkehren konnten. Schließlich nahm sie ihre Lektion des Lebens, als Übung zur Selbstüberwindung und der Toleranz an und gestand sich selbst ein, nicht hundertprozentig gewesen zu sein.

Die Geburt des neuen Wesens

„Steh mir nicht im Weg", schrie Madina. Sie hatte schon seit Stunden enorme Schmerzen und keine Kraft mehr, um nach höflichen Worten zu suchen. Sie versuchte entlang der Wand, den Gang hinunter zu laufen. Sie glaubte gleich zu explodieren und ehrlich gesagt, würde sie dies am liebsten tatsächlich tun. Sie hielt es nicht mehr aus und sie wünschte sich in der Tat zu sterben. Gleichzeitig war ihr klar, dass dies der letzte Ort war, wo man sie sterben lassen würde. Es gab also keinen Ausweg. Dieses Wesen in ihr, das ihr diesen höllischen Schmerz zufügte, kannte keine Gnade.

Madina setzte sich wieder erschöpft auf ihr Bett und starrte auf das Bild gegenüber. Es hieß „Gezeiten", wie passend, Ebbe und Flut. Es war wie ein Hohn. Bei ihr war es seit Stunden nicht mehr Ebbe und Flut. Der Schmerz ebbte in den sogenannten Wehenpausen bei ihr nicht mehr ab. Sie war nur noch ein einziger Krampf. Sie konnte sich nicht mehr an die gelernte Atmung erinnern, wusste nicht mehr, was aus- oder einatmen war. Sie hatte jedes Zeitgefühl verloren.

Dieses Kind in ihr, wollte es sie töten? War sie nicht schmerzerprobt? Seit Kindesbeinen an, war sie bekannt dafür, dass sie Schmerz ausblenden konnte. Es war auch nicht verwunderlich bei den täglichen Prügeleien ihres Vaters. Womit sie nicht gerechnet hatte, war, dass da ein Schmerz aus ihr herauskam. Sie konnte Schmerzen, die von außen zugefügt wurden, immer prächtig ausschalten, aber diesem Schmerz war sie völlig ausgeliefert. Sie konnte ihn nicht beeinflussen und kein bisschen lindern, er war einfach da und zerriss sie ohne Rücksicht. Sie dachte gerade an die Türkin im Nebenzimmer (es war ein Wunder, dass sie überhaupt noch denken konnte), die aus vollem Halse brüllte. Warum brachte sie keinen Laut heraus? Wieso konnte sie nicht fluchen oder schreien?

Sie erinnerte sich an ihre Kindheit. Auch da schrie und weinte sie nie, warum eigentlich? War es ihr Stolz? Jetzt in diesem Moment war ihre Eitelkeit und ihr Stolz sicherlich nicht der Grund für ihre Verschlossenheit. Was hatte sie für eine Angst bei dem Einlauf gehabt, dass vielleicht doch bei der Geburt einige Fäkalien mit herausgepresst werden könnten. Und jetzt, jetzt hätte sie den Papst von unten bis oben hin vollgesch.... Es wäre ihr gleichgültig gewesen, sie hätte es wahrscheinlich nicht einmal gemerkt.

Also, was hinderte sie daran, den Schmerz hinauszuschreien? Jahrelanges „sich unter Kontrolle halten"? Ein Automatismus?

„Noch nicht pressen", rief die Hebamme, „noch nicht".

„Verflucht, diese Frau, wozu war sie überhaupt da? Konnte sie nicht endlich dieses Kind herausholen, damit alles ein Ende hatte?", dachte sie. Der Pressdruck war ungeheuerlich und das Zurückhalten unmenschlich. Sie spürte rote Wut emporsteigen aus der Tiefe ihres prallen Bauches. Warum mussten immer die Frauen so undankbare Aufgaben erfüllen? „Nun, ganz einfach", ertönte laut ein Gedanke, „weil das sogenannte starke Geschlecht das nicht aushalten würde und die Menschheit wäre längst ausgestorben".

„Jetzt dürfen sie pressen." „Halleluja!!! Jetzt aufpassen, jetzt muss es schnell gehen, das Kleine darf nicht zu lange feststecken, die Sauerstoffzufuhr gewahrt sein." Madina presste nur zwei Mal und es war da, dieses schmierige, blutige Etwas, das ihr Kind war. Stille! Madina beobachtete die angestrengten Gesichter. War etwas mit dem Kind? Die Mienen waren so ernst und auch kein Schrei. Die Sekunden wurden zu angstvollen Stunden. Dann endlich der erlösende Schrei und entspannte Gesichter. Erschöpft schloss die neue Mutter die Augen. Sie spürte, wie ihr das leichte Wesen, auf den Bauch gelegt wurde. Ein unendlich zartes Gefühl ersetzte die Anspannung. Sie hatte nicht das Bedürfnis, es zu betrachten, noch nicht. Sie wollte es fühlen, einfach fühlen, dieses Wunder.

Goldene Zeiten

Die Landschaft lag friedlich vor ihm, doch Marcos Herz war alles andere als friedlich. In seiner Seele tobte ein Entscheidungskrieg. Was sollte er tun? Einerseits wollte er diesen Ort nicht verlassen, andererseits erschien ihm diese Umgebung wie vergiftet. Das Gift strömte von den Handlungen seiner Frau aus, in sein Herz.

Was war nur aus seiner Angetrauten geworden in den vierzehn Jahren Ehe? Er hatte sie geheiratet als sehr junges, zartes, einfühlsames Geschöpf. Er war hingerissen von ihrem engelhaften Aussehen, ihrer kindlichen, unschuldigen Art und war sich völlig sicher, dass er bis ans Ende seiner Tage mit ihr durchs Leben gehen würde.

Er hatte sie das erste Jahr vergöttert, ihr jeden Wunsch von den Augen abgelesen. Ihre zunehmende Launenhaftigkeit schob er auf ihre Sehnsucht, endlich Mutter zu werden, was ihr drei Jahre lang verwehrt gewesen war. Dann, als sie endlich schwanger wurde, schob er ihre schnell wechselnden Gefühlszustände auf die Hormone und strengte sich besonders an, darüber hinwegzugehen. Fast täglich brachte er ihr kleine Geschenke mit, von Blumen und

Spielzeugen für den baldigen Nachwuchs, um sie zu erfreuen und abzulenken. Er strich das Kinderzimmer hellblau, verbrachte Stunden in der Werkstatt, um eine Wiege und allerlei Spielzeug aus Holz zu basteln. In diesen wenigen Stunden des Tages war er glücklich.

Während der Arbeit trug Manuel das erste Ultraschallbild in seiner Brusttasche, ganz nahe am Herzen und in jeder Pause vertiefte er sich darin. Er war voller Vorfreude, es sollte ein Sohn werden, hatte der untersuchende Arzt gemeint und er schwelgte schon im Voraus in den gemeinsamen Unternehmungen mit diesem so sehr erwünschten Stammhalter.

Wenn er nach getaner Arbeit nach Hause kam, wich seine Freude sehr schnell einer dumpfen Traurigkeit, sobald er das Gekeife seiner schwangeren Frau vernahm, die einen nicht gerade zufriedenen Eindruck machte. Sie schimpfte beinahe über alles: Dass er zu wenig verdiente, das Haus zu klein wäre, das Wetter zu schlecht und das Gemüse ohne Geschmack.... Die Kette der Beschwerden riss nie ab und er fragte sich, ob sich seine Isabell nach der Geburt noch in eine liebevolle Mutter verwandeln konnte. Langsam zweifelte er sehr heftig daran.

In letzter Zeit hatte er immer öfter Magenschmerzen und das Essen, das sie ihm vorsetzte, schmeckte ihm immer weniger. Manches Mal hatte er sogar das Gefühl, dass sie extra so geschmacklos kochte, um ihn zu ärgern. Natürlich sprach er das niemals aus und auch sonst blieb er immer sehr freundlich und zuvorkommend.

Doch die vielen Beschimpfungen, ja fast Gemeinheiten, die sie ihm täglich an den Kopf warf, zeigten allmählich auch Wirkung in seiner Seele. Er wurde immer trauriger, seine Gedanken negativer und er begann sich wirklich um die Zukunft zu sorgen.

Diese Sorgen wurden bei der dritten Ultraschalluntersuchung auch noch vergrößert, als der Arzt ihnen mitteilte, dass etwas mit dem Kind nicht stimme. Seine Entwicklung wäre verzögert und auch der Herzschlag wäre vermindert. Das Kind würde wohl nicht überleben. So war es dann auch, bereits in der zwanzigsten Schwangerschaftswoche hatte seine Frau eine Fehlgeburt. Das Ungeborene hatte ein Loch im Herzen und das Gehirn war unterentwickelt.

Isabell ging es zwei Wochen nicht besonders gut, sie sprach fast gar nicht mehr. Doch langsam erholte sie sich und sie wurde sogar der früheren Isabell wieder ähnlicher.

Man hörte sie wieder lachen und ihre Stimmung war wieder ausgeglichener.

Marco hatte gestern nach dem Abendessen ein langes Gespräch mit ihr und zeigte ihr seine Freude über ihr besseres Befinden. Da wurde sie plötzlich ganz ernst und beichtete ihm, dass sie froh darüber wäre, dass das Kind nicht überlebt hätte. Marco war entsetzt über diese Aussage. Doch dann gestand sie ihm, dass dieses Kind ja nicht von ihm gewesen war und sie es als gerechte Strafe für ihr Fremdgehen empfand.

Nun saß er hier auf dieser Bank und blickte in diese schöne Gegend und war sich nicht sicher, ob er noch mit dieser Frau zusammenleben wollte und konnte.

Der vermaledeite Brief

Marga riss aufgeregt den hellblauen Brief auf. Er erinnerte sie ein wenig an ihre Schulzeit, in der ständig die „blauen Briefe" bei ihr zu Hause eintrudelten und fühlte auch gleich den damaligen Klumpen im Magen.

Der Absender fehlte und die Schrift kannte sie auch nicht. Groß und schnörkelig sah sie aus. Einen Moment lang zögerte sie noch, versuchte erst zu erraten, wer der Absender sein könnte, doch dann siegte sehr schnell die Neugierde.

Sie entfaltete einen blütenweißen Bogen Papier und las: „Liebe Margarete, lange hast Du nichts von mir gehört, wahrscheinlich erinnerst Du dich auch nicht mehr wirklich an mich. Ich bin Deine Mutter!"

Marga wurden die Knie weich und sie setzte sich auf den nächsten Stuhl. Ihre Mutter, ja, an die erinnerte sie sich wahrlich kaum noch. „Was wollte sie von Ihr?", Sie rechnete zurück, nach 32 Jahren, sie war damals sechs oder sieben Jahre alt, als sie von ihrer Mutter weg kam.

Sie wusste nicht einmal den genauen Grund, ganz verschwommen erinnerte sie sich, dass irgendetwas mit ihre Mutter nicht stimmte, und man sie deshalb als Kind von ihr wegnahm.

Danach hatte sie nie wieder etwas von ihr gehört. Marga hatte sie auch aus ihrem Gedächtnis gestrichen. Für sie war sie längst tot.

Der Brief lag nun auf Margas Schoß und sie fragte sich, wieso sie all die Jahre nie auf die Idee gekommen ist, dass ihre Mutter noch leben könnte. Aber es war ihr klar, dass eine Mutter sich doch, egal was geschehen war, irgendwann wieder gemeldet hätte. Aber nicht erst nach 32 Jahren! Marga war selbst Mutter und für sie war es völlig unvorstellbar, dass sie von ihrer Tochter getrennt wäre und sich nie mehr melden würde, bzw. erst nach so langer Zeit. Ihre Tochter Mariama war jetzt neun Jahre alt und sie hatte ihr immer erzählt, dass ihre Großmutter gestorben sei. Sie blickte auf den Brief in ihrem Schoß und beschloss weiter zu lesen.

„All die Jahre habe ich dich so sehr vermisst! Erst jetzt habe ich Deine Adresse herausbekommen, eine Krankenschwester hat mir dabei geholfen, dich zu finden. Du musst wissen, ich liege nämlich hier im Krankenhaus, es geht mir nicht gut und ich würde dich so gerne noch ein letztes Mal sehen. Ich liege im Krankenhaus St. Marien in Kiel und man sagte mir, dass ich nicht mehr lange leben werde. Wenn Du mir verzeihen kannst, dann bitte komme. Ich warte mit liebenden Herzen auf dich! Deine Mutter."

Marga war empört und ihr war ganz heiß geworden. Sie sprang von ihrem Stuhl auf und lief wie ein gefangener Tiger im Zimmer hin und her, voll mit heftigen inneren Dialogen.

„Wie konnte diese Frau nur so etwas von ihr verlangen? 32 Jahre war sie verschwunden, ohne ein Wort und nun? Unverschämt so etwas, sie so unter Druck zu setzen. Na ja, sie hatte darum gebeten. 32 Jahre und jetzt sollte sie ihr verzeihen. 'Ich warte mit liebenden Herzen auf dich.' Was für eine Farce, diese Mutter und lieben, da lachen ja die Hühner im Stall."

Wilde Empörung brodelte in ihr, die damit endete, dass sie den Brief in Fetzen riss und ihn in den Papierkorb warf. Dann zog sie ihren warmen Wintermantel an und stürmte hinaus in die Landschaft. Margas Spaziergang war eher ein Lauf, um die empörten Gefühle loszuwerden. Als sie im Wald ankam, schrie sie gegen die Bäume und machte ihrem Herzen Luft. Schließlich sank sie erschöpft auf einige gefällte Baumriesen am Wegrand. Sie weinte heftig und ohne Unterlass, bis sie keine Tränen mehr hatte.

Dann ging sie nach Hause, setzte sich an den Schreibtisch und schrieb einen Brief an ihre Mutter: „Hallo, Du nennst Dich Mutter, aber ich möchte Dich nicht Mutter nennen, ich hatte meine Adoptivmutter, sie war mir eine gute Mutter. Ich bin selbst Mutter und weiß, was eine Mutter ausmacht und Du warst so eine Mutter niemals.

Marga hielt inne, denn sie sah vor ihrem inneren Auge eine Szene, wie sie als kleines Mädchen in die ausgebreiteten Arme einer lachenden Frau lief. Sie fühlte plötzlich die Liebe eines Kindes zu seiner Mutter und wie sie sich an sie herankuschelte. Eine Flut scheinbar alter Erinnerungen überschwemmte sie. Marga sah sich als kleines Mädchen in der Küche mit ihrer Mutter Plätzchen backen. Sie sah sich auf ihrem Schoß sitzen und hörte sich sagen: „Mami, wir sterben beide zusammen gell?" und spürte die Innigkeit in ihrem kindlich, vertrauensvollen Herzen, dass keinesfalls allein ohne Mutter bleiben wollte.

Woher kamen plötzlich all diese Gefühle und Gedanken? Sie sah, wie die Schrift auf dem Bogen Papier vor ihr allmählich zerfloss und wie ihre Tränen herabtropften. Marga fühlte sich plötzlich umarmt und dachte einen kurzen Moment lang, es wäre ihre Mutter, aber es war ihr Mann Korry, der heimgekommen war und sie so aufgelöst vorfand. Diese Umarmung war tröstlich und sie erklärte ihrem verständnisvollen

Mann die Situation und an jenem Abend sprachen sie noch lange über diesen Brief, den sie inzwischen aus dem Papierkorb geholt und wieder zusammengeklebt hatte.

Eine Woche später saß Marga im Zug nach Kiel. Sie hatte vorher im Krankenhaus angerufen, ob eine Frau Gertrude Malin dort läge und man hatte es ihr versichert.

Im Krankenhaus angekommen, erfuhr sie an der Information, auf welcher Station die Frau lag, die sie geboren hatte. Mit weichen Knien klopfte sie an jene Türe, die ihr genannt worden war.

Sie sah eine Frau, die fast ebenso bleich war, wie das Kopfkissen, auf dem sie lag. Mit geschlossenen Augen lag sie da und schien zu schlafen. Marga starrte wie gelähmt lange auf die Kranke, immer noch im Türrahmen verharrend. „Sind sie die Tochter?", fragte eine Schwester hinter Marga. „Kommen sie nur herein, sie fragt pausenlos nach ihnen." Mit diesen Worten rückte sie einen Stuhl an das Bett der Kranken und rief laut: „Frau Malin, ihre Tochter ist endlich hier, wachen Sie auf!" Als Frau Malin langsam die Augen öffnete, flüsterte die Krankenschwester zu Marga: „Sie hört schlecht! Es geht dem Ende zu. Bitte regen sie sich nicht auf, sie hat so sehnsüchtig auf sie gewartet. Ich lass sie jetzt allein."

Frau Malin lächelte Marga an und streckte ihre linke Hand nach ihr aus. „Kind, schön, dass du gekommen bist, das bedeutet mir sehr viel, danke", flüsterte sie fast unhörbar. Aus Marga wich langsam die Erstarrung und sie konnte nicht anders, sie trat an das Bett heran und ergriff die Hand dieser Frau, die ihr das Leben gab. Sie blickten sich lange stumm an, da waren keine Worte mehr auf beiden Seiten. Nur Dank im stummen Blick der einen und Mitgefühl auf der anderen Seite. So saßen sie lange und dann merkte Marga plötzlich, dass die Hand in der ihren immer kälter wurde und der Blick ihrer Mutter durch sie hindurch gegangen war.

Marga ließ die Hand los und bettete sie behutsam auf die Decke, blieb aber noch lange sitzen. Als sie das Krankenhaus verließ, ging sie in die Wohnung der Verstorbenen, man hatte ihr die Adresse genannt und den Schlüssel mit den restlichen Habseligkeiten ausgehändigt. Wie in Trance öffnete Marga schließlich die Haustüre, betrat das schäbige, heruntergekommene Treppenhaus und schloss dann auch die Türe mit dem Schild „Malin" auf. Die Wohnung war klein, armselig eingerichtet, aber sauber und aufgeräumt. Sogar ein Blumenstrauß, zwar verwelkt, stand auf dem Wohnzimmertisch. Zwei

Ordner lagen dort und ein Brief, worauf stand „Für meine Tochter Margarete."

Marga öffnete erst einmal das Fenster. Sie fühlte sich nah am ersticken, nahm ein paar tiefe Atemzüge und schloss das Fenster wieder. Sie ließ den Mantel an, die Wohnung war ungeheizt, als sie begann, den Brief zu lesen: „Liebe Margarete, es tut mir unendlich leid, dass ich all die Jahre nicht den Mut hatte …."

Als es dunkel wurde, saß Marga immer noch am Tisch und las. Dann als das Licht nicht mehr ausreichte zum Lesen, stand sie auf, packte die Ordner und den Brief ein. Sie nahm das Bild, auf dem sie mit ca. fünf oder sechs Jahren mit ihrer junge Mutter abgebildet war, schaute sich noch einmal um und verließ leise die Wohnung. Den Schlüssel legte sie unter die Fußmatte.

Sie las auch noch im Zug auf der Rückfahrt, las die ganze Lebensgeschichte ihrer Mutter und die Tränen liefen ihr wie Sturzbäche über die Wangen. Diese Tränen wuschen all die Traurigkeit aus ihr heraus und tilgten den Schmerz von vielen Jahren. Sie verstand!

Eine wahre Liebe

„Gib mir den Stock da, Mädchen", rief der Vater Carla mit strengem Gesicht zu. „Warum?"
„CARLA!", mahnte der Vater.
„Aber..."
„Nix aber, gib mir sofort den Stock." Die harte Stimme des Vaters hatte einen drohenden Unterton.

Carla wusste, jetzt half nur noch den Mund zu halten. Sie reichte ihm den Stock hinüber. Kurz darauf hörte sie Paddy aufheulen. Warum schlug er ihn bloß immer, er hatte doch nichts getan? Carla hielt sich die Ohren zu und presste die Augenlider aufeinander.

Nach endlos langer Zeit öffnete sie Augen und Ohren wieder, der Vater war verschwunden und sie ging zögernd zu dem Verschlag.

Paddy kroch blutüberströmt und winselnd auf dem Bauch in ihre Richtung. „Oh, mein Gott, wie hat er dich wieder zugerichtet", flüsterte sie und streichelte ihn vorsichtig an den nicht blutenden Stellen. 'Was sollte sie nur tun? Er würde den Hund irgendwann noch einmal totschlagen', dachte sie. Sie legte Paddy auf die verschmutzte Decke und redete leise beruhigend auf ihn ein.

Carla war völlig verstört, wie konnte ihr Vater das nur tun? Immer tobte er seine Wut an dem armen Hund aus.

Einmal war sie dazwischen gegangen, aber das Ergebnis war ähnlich wie das, was sie da vor sich liegen hatte. Sie war zwei Wochen zu Hause eingesperrt gewesen, bis die Wunden verheilt und kaum mehr zu sehen waren. Sie hatte sich selbst notdürftig verbunden. Sie erhob sich vom Lager des Hundes und dachte: „Ihn muss ich jetzt auch verbinden." Sie schlich vorsichtig ins Haus. In der Küche sah sie den Vater mit dem Kopf auf der Tischplatte. Gut, er schlief seinen Rausch aus. Sie holte leise das Verbandszeug und eine Schüssel mit warmen Wasser.

Im Hundezwinger säuberte sie dem winselnden Paddy das Blut vom Fell. Manche Wunden sahen schlimm aus. Carla liefen die Tränen über die Wangen. Was konnte sie nur tun? Paddy sah sie mit traurigen Augen an und leckte ihr tröstend über das Gesicht. Sie schlief in dieser Nacht in der Hundehütte. Eng aneinander gekuschelt verbrachten sie die Nacht.

Am Morgen dämmerte es schon, als sie aus der Hütte kroch und ihre steifen Glieder streckte. Sie hatte unruhig geschlafen und immer wieder über eine Lösung nachgedacht und schließlich sogar eine gefunden.

Schweren Herzens hatte sie einen Plan gefasst. Sie würde zu ihrer Tante zwei Dörfer weiter laufen und dort ihren Paddy lassen. Tante Margot würde sicherlich gut auf Paddy aufpassen und ab und zu könnte sie ihn wenigstens dort besuchen. Sie schlich in die Küche und holte Proviant, packte alles in ihren Rucksack und holte Paddy aus dem Zwinger. Sie liefen schnell, bevor sich Leben in den Häusern regte und wanderten erst wieder langsamer, als das Dorf nicht mehr in Sichtweite war.

Es dunkelte schon, als sie bei der Tante ankamen. Die empfing sie mit offenen Armen und schien sich richtig zu freuen. Nach einer herzhaften Mahlzeit erzählte sie der Schwester ihrer Mutter von der Situation zu Hause. Tante Gerda war entsetzt, sie hatte keine Ahnung davon gehabt. Sie hatte sich mit Carlas Vater nicht sehr gut verstanden und kaum Kontakt mit ihm gehalten.

Sie meinte zu dem Mädchen: „Du bleibst jetzt bei mir und Paddy auch." Doch Carla wollte ihren Vater nicht alleine lassen. Sie liebte ihren Vater und sie wusste, dass er sehr traurig war, weil ihre Mutter vor einem Jahr gestorben war. Wenn sie jetzt auch noch wegbleiben würde, würde ihr Vater sich sicherlich zu Tode trinken. Sie rief am gleichen Abend noch ihren Vater an und sagte ihm, er solle sich keine Sorgen machen, sie würde nur eine Nacht bei ihrer Tante bleiben.

Am nächsten Tag fuhr ihre Tante sie in die Schule ohne Paddy. Er sollte bei ihr bleiben und sie würde ihn so oft es ging besuchen. Bei ihr war er gut aufgehoben und sie war bereit, aus Liebe zu ihm, tagelang auf ihn zu verzichten.

Nach der Schule lief Carla sorgenvoll nach Hause. Der Vater war in der Arbeit. Sie bereitete ihm wie immer ein Süppchen vor, so wie sie es gelernt hatte. Vom Fenster aus sah sie am späten Nachmittag den Vater langsamen Schrittes den Kiesweg heraufkommen. Sie fühlte all seine Schwere und Traurigkeit, als sie ihn beobachtete.

Wortkarg wie meist ließ er sich am Tisch nieder und löffelte seine Suppe. Dann fragte er nach dem Hund. Carla sagte, sie hätte ihn bei der Tante gelassen.

„Warum das?", lautete seine Frage. Das Mädchen schwieg einen Moment, dann fasste sie sich ein Herz und sagte: „Weißt du Vater, bei Tante Gerda geht es ihm viel besser. Du schlägst ihn ja nur und ich liebe Paddy und will nicht, dass du ihm weh tust." Der Vater schaute sie lange an und anschließend noch länger in den halb geleerten Teller. Dann verließ er den Raum. Carla räumte den Tisch ab und suchte dann ihren

Vater. Sie fand ihn weinend auf dem Bänkchen vor dem Haus. Ganz vorsichtig nahm sie neben ihm Platz und streichelte seine große Hand. Da schluchzte er vollends und schlug seine Hände voll Scham vor sein Gesicht. Carla schmiegte sich ganz nah an ihn und weinte mit ihm.

Nach gut einer Stunde erhob sich der Mann, nahm das Mädchen an der Hand und sagte: „Gehen wir rein, Mädel, es wird kalt." Und dann fügte er noch hinzu: „Ab Morgen wird alles besser werden. Geh jetzt ins Bett."

Carla blieb an diesem Abend noch lange wach, sie konnte nicht einschlafen und dachte über den Satz nach: ‚Ab Morgen wird alles besser.' Was bedeutete das? Als sie dann auch noch eine Stimme im Wohnzimmer hörte, schlich sie sich leise barfuß aus dem Bett und lauschte vor der Türe. Sie hörte wie ihr Vater mit jemanden telefonierte, wahrscheinlich mit seiner Schwägerin, ihrer Tante: „Ja, so wird es am besten sein, du nimmst solange das Kind bis ich aus dem Entzug komme. Du hast Recht, so kann es nicht weitergehen, ich sehe es schon ein." Carla schlich wieder in ihr Bett und dachte noch lange über die gehörten Worte nach, bis sie schließlich einschlief.

Nach der Schule wartete schon ihre Tante mit Paddy vor dem Tor. Ihr Hündchen konnte sich kaum beruhigen und sprang ständig an Carla hoch, vor lauter Wiedersehensfreude. Ihre Tante erklärte ihr jetzt alles. Ihr Vater wollte einen Alkoholentzug in der Klinik machen. Sie und Paddy sollten solange bei ihr bleiben. In etwa sechs Wochen würden sie dann wieder zurück in die Wohnung können und der Vater würde nicht mehr trinken.

„Er hat mir heute Morgen noch gesagt, ich solle dich von ihm grüßen und dir sagen, dass er dich ganz lieb hat und es ihm leid tut, dass er seine Traurigkeit an Paddy ausgelassen hat."

Tante Gerda erklärte Carla, dass es viele Menschen gibt, die versuchen, ihre Traurigkeit oder ihre Wut im Alkohol zu ertränken, aber dass es dadurch immer noch schlimmer wird. Es gäbe eine Krankheit, die Alkoholismus heißt und da hilft halt nur, gar nichts mehr zu trinken, keinen Tropfen. Aber da ihr Vater schon so lange getrunken hatte, wäre jetzt noch ganz viel Alkohol in ihm und deshalb müsse er in einer Klinik, das nennt man Entzug, erst wieder ganz nüchtern werden. Er dürfe danach wirklich keinen Tropfen Alkohol mehr trinken, nicht einmal eine Schnapsbohne, sonst wäre er wieder abhängig und alles fing von vorne an. Aber es gibt Menschen, die das Jahrzehnte durchgehalten und nie mehr getrunken haben. Und ihr Vater würde das sicher auch schaffen, denn schließlich hätte er dafür ja auch einen guten Grund, denn er hat eine so prächtige Tochter, für die er doch da sein möchte, weil er Carla liebt!

Das Mädchen war sehr froh, dass sie jetzt nicht mehr alleine ihre Sorgen tragen musste und dass auch Paddy wieder jeden Tag um sie sein konnte.

Das Muttertagsgeschenk

„Fröschli, was ist denn los mit Dir? Warum sitzt Du hier mit dieser Trauermiene?"

Die kleine Froni blickte gar nicht auf, sie saß mit grimmigen Gesichtchen vor einer leeren Schachtel. „Was war denn da drin Froni?" Keine Antwort. Die Mutter ging in die Hocke, fasste sie unters Kinn und hob ihr geneigtes Köpfchen hoch, um ihr in die Augen zu sehen. Fronis Augen waren gefüllt mit Wasser und nahe am überfließen. „Was ist los Kleines, was macht Dich so traurig?" Jetzt platzte es aus ihr heraus: *„Da drin waren die feinen Kekse und jetzt sind sie weg."* Nun liefen die Tränen wirklich die Wangen herunter und hinterließen eine etwas schmutzige Straße auf den Backen hinunter. Verräterisch klebten in den Mundwinkeln ein paar Brösel. „Und nun?", fragte die Mutter. *„Jetzt sind sie weg und jetzt habe ich gar kein Geschenk für Dich zum Muttertag."* „Oh, wie kommt das denn?", rief die Mutter und hatte Mühe ihr Lachen zu verbergen.

Schluchzend erzählte Froni der Mutter: *„Die Hella hat gesagt, wenn man ganz schnell die Kekse in den Mund steckt und sie zergehen lässt und die Schachtel zumacht, dann wachsen die* *wieder nach. Aber nun habe ich sie hinuntergeschluckt und es sind keine neuen Kekse gewachsen und jetzt habe ich gar kein Geschenk mehr für Dich."* Immer noch mühsam um Fassung ringend, meinte die Mutter: „Hmm, tja, was machen wir denn da? Ach weißt Du Fronilein, Dir fällt schon noch was ein, was Du mir vielleicht anderes schenken könntest." *„Was anderes?"* Fronis Gesichtchen war ein einziges Fragezeichen. *„Was denn?"* „Nun", meinte die Mutter, „das darf ich Dir nicht verraten, das muss ja ein Geheimnis bleiben, aber Du hast noch bis Morgen Zeit, erst dann ist Muttertag." Froni wischte sich mit den Fäustchen über die Augen und plötzlich konnte sie wieder lachen. „Siehst Du mein Liebes, das ist alles gar nicht schlimm und ich weiß, ich habe ein sehr einfallsreiches Mädchen, dem sicher noch was einfällt."

An diesem Tag lief Froni unentwegt herum und murmelte ständig vor sich hin: „Nein, das nicht und das auch nicht, vielleicht das?"

Am nächsten Tag öffnete ein kleines Mädchen die Schlafzimmertüre ihrer Mutter und legte ganz vorsichtig etwas Grünes auf die Bettdecke. Die Mutter lächelte ihre, ganz stolz und aufrecht vor ihr stehende, Tochter an und wünschte ihr einen guten Morgen. *„Schau Mumile, das schenk ich Dir zum Muttertag."* Die Mutter sah verschlafen auf das grüne Ding und war blitzartig wach, als sie den Frosch sah. „Huch", sagte sie und nahm ihn sofort in die hohle Hand, sie wollte sich nicht anmerken lassen, dass sie nicht sehr erfreut war über dieses Geschenk in ihrem Bett und fragte Froni: „Wie bist Du denn auf diese Idee gekommen?" Froni zappelte vor lauter Freude und berichtete: *„Ich war im Garten und habe die Augen zugemacht und meinen Schutzengel darum gebeten, er soll mir ein Geschenk für Dich vor die Füße legen und als ich die Augen wieder aufmachte, da saß der Herr Frosch da."* Die Mutter antwortete sehr gerührt darauf: „Das war eine tolle Idee. Mit deinem Schutzengel muss ich mal dringend ein paar Worte reden und jetzt setzen wir mein Geschenk wieder in den Garten, damit er die lästigen Fliegen fangen kann."

Träume finden ihren Weg

Die Wirkung des Gewitters hatte bereits nachgelassen. Aber immer noch wehte ein starker Wind um das Haus. Er hatte lange gebetet, um diesen Regen und um ganz viel Wasser auf die Felder. Jetzt hatte es sich abgekühlt und die Wiesen waren satt getränkt. Er stapfte glücklich durch die Pfützen und dankte dem Wettergott oder wem auch immer. Tief atmete er die gereinigte Luft in seine Lungen und ging zur Scheune hinüber.

Das große Holztor war schwer zu öffnen. Die Schafe strömten heraus und rissen ihn fast um. King Lui, wie er seinen Schafbock getauft hatte, war der letzte Drängelnde und riss ihn vor lauter Eile zu Boden. Einen Moment lang lag er unter dem Bock und fand sich Aug in Aug mit ihm. Das war ein komisches Gefühl, als wollte dieses Tier ihm ein für alle mal klarmachen, dass er wirklich der King war. Dann war es auch schon vorbei und Lui sprang hurtig mit seinem ‚Harem' davon.

Das Gewitter schien die Herde ganz schön erschreckt zu haben. Paul selber hatte sich ein wenig gegruselt vor der Heftigkeit der Blitze und dem gewaltigen Donner direkt über dem Gehöft. Aber es war nichts passiert, die Scheune und der

Hof blieben unversehrt. Nein, nicht ganz, er blickte nach oben. Dort im Dach des Stalles, am Übergang zur Scheune, sah er, dass einige Ziegel fehlten. Paul seufzte und stieg die lange Holzleiter hinauf, um sich den Schaden aus der Nähe zu betrachten. Es fehlten vier Dachziegel und dieses Loch hatte bewirkt, dass auch das gelagerte Heu und Stroh darunter vom heftigen Regen schwer durchnässt worden war. Er machte sich daran, die nassen Bündel nach unten zu werfen, da hörte er etwas. Er stand ganz still und lauschte. Dort von der Ecke kam ein leises Fiepen. Vorsichtig setzte er seine Schritte in diese Richtung. Da lagen doch glatt fünf Katzenjungen noch blind und scheinbar ganz verlassen. Wo war die Mutterkatze? Im gleichen Moment als er sich diese Frage stellte, hörte er ein Fauchen. Er drehte sich um und sah gleichzeitig ein schwarzweißes Bündel auf sich zufliegen. Der Schmerz, den er spürte war ziemlich intensiv. Er spürte tief eingegrabene Krallen auf seinen Schultern und konnte für einen Moment nichts sehen, weil diese Mutterkatze ihm direkt ins Gesicht gesprungen war. Schnell schleuderte er diesen Fellballen von sich weg ins Heu. Danach versuchte er die Katze mit gleichmäßigen leisen Lauten zu beruhigen und zog sich in Zeitlupentempo zurück. „Iss ja gut! Keine Angst, ich tue dir nichts!"

Mit diesen beschwörenden Worten stieg er die Leiter wieder hinab. Unten zog er sein Hemd aus und sah den Schaden. Ganz schön tief waren die Wunden, die musste er erst einmal desinfizieren. Er lächelte vor sich hin, als er hinüber zum Haus ging. ‚Ganz schön heftige Muttergefühle für so ein kleines Tier', dachte er. Wenn er doch auch so eine tapfere Mutter für seine noch ungeborenen Kinder finden würde. Seine geliebte Elsa hatte ihn verlassen, sie wollte seinen Traum von einem Hof in Südtirol, nicht mitträumen. Ganz in Gedanken lief er mit gesenktem Kopf auf die Eingangstüre zu. Als er wieder hochschaute, sah er verblüfft eine blonde Frau vor seiner Türe. „Elsa, mein Gott du? Gerade habe ich an dich gedacht!" Sie lief auf ihn zu und flog ihm in die Arme. „Ich bleibe!", flüsterte sie ihm ins Ohr, „ich lieb dich doch!"

Verschlossene Seelen

Angelo und Maren gingen schweigend nebeneinander her. Sie waren erst ein paar Monate zusammen und hatten sich schon jetzt nichts mehr zu sagen. Angelo schluckte, aber mit dem Kloß im Hals fiel es ihm schwer. Maren liefen rechts die Tränen langsam die Wangen hinunter. Seltsam, links von ihr ging Angelo, aber sie weinte rechts.

Sie waren am Strand angelangt. Dort setzten sie sich auf einen der großen Felsen und starrten auf das Meer. Beide beruhigten sich langsam beim Anblick der regelmäßig aufklatschenden Wellen auf den Sand. Maren fand endlich wieder ihre Sprache: „Kennst du das Märchen von den drei Wünschen?", fragte sie Angelo. Der nickte, während er immer noch auf die Wellen sah. „Wenn du drei Wünsche frei hättest, was würdest du dir wünschen?", richtete sie die Frage an ihn.

Von Angelos Seite kam erst mal Schweigen, er überlegte lange. Maren dachte schon, er würde nicht antworten wollen und begann: „Also ich würde mir wünschen, dass wir erstens die Zeit zurückdrehen könnte, bis damals als wir uns kennen lernten." Er sah sie nachdenklich an und antwortete: „Das würde ich mir auch wünschen." Dann nach einer langen Pause ergriff Maren wieder die Initiative: „Was würdest du denn dann anders machen?" Angelo antwortete sofort: „Alles!" „Alles?" Marens Gesicht war ein einziges Fragezeichen. Sie war entsetzt! Alles würde sie niemals anders machen. „Was denn alles?" Sie blieb hartnäckig.

Da brach es aus Angelo heraus: „Ich bin immer so unbeholfen! Ich kann dem Anderen einfach nicht wirklich sagen, was ich mir wünsche oder was ich gerne täte. Alles kommt immer anders aus mir heraus, irgendwie schief." Maren war bestürzt, das hatte sie nicht erwartet. Sie konnte darauf nichts erwidern. Sie blickten sich beide in die Augen und sie sah seine tiefe Traurigkeit in seinem Blick und konnte nicht anders, sie musste ihn in den Arm nehmen. Lange hielt sie ihn so und spürte die Erschütterung seines Schluchzen.

Warum nur?

Er war sich nicht sicher, wo er war, zu lange war er gedankenverloren durch die Gegend gelaufen. Sein Problem war davon auch nicht besser geworden, er fand einfach keine Lösung. Wieder und wieder ging er die Situation noch einmal durch, er konnte einfach nicht erkennen, was für einen Fehler er gemacht hatte. Warum also war sie so gekränkt und wütend.

Frauen waren für ihn ein Buch mit 100 zusammengeklebten Seiten, die er nach und nach mit Engelsgeduld auseinanderfuzzeln musste. Und wenn er es endlich, meist viel zu spät, geschafft hatte, dann waren die Seiten so zerfleddert, dass er das meiste nicht mehr lesen konnte. Seit Jahren hörte er sich schon die Anklagen an und ertrug ihr Gekeife, das ihm ohne Sinn und Verstand erschien. Was warf sie ihm nur vor? Er verdiente das Geld und das nicht zu wenig, er war immer freundlich zu ihr, half sogar die Geschirrspülmaschine einzuräumen, ging mit den Kindern auf den Spielplatz und er verlor nie die Geduld. Ihre Anspielungen, ihre herablassenden Worte, ihre ständigen Launen und ihr Geschrei waren ihm da keine Hilfe. Er gab sein Bestes oder etwa nicht? Was könnte er denn noch tun, um sie zu besänftigen? Vielleicht sollte er ihr mal wieder ein neues Auto kaufen, das war in diesem Jahr echt drin. Ihr Volvo war schon fünf Jahre alt und hatte so seine Mucken. Gut, er würde ihr einen neuen Wagen kaufen, vielleicht würde das helfen. Sicher würde sich dann alles ein wenig entspannen. Was war nur los mit ihr? Sie hatte mehr als die meisten Frauen seiner Arbeitskollegen: Die Villa sowie zwei total süße Jungs, die sie wirklich gut erzog und die auf eine angesehene Schule gingen.

Sie konnte frei über eine ziemlich teure Putzfrau verfügen, hatte also wirklich nicht viel Hausarbeit zu verrichten. Sie kochte für ihn ohnehin nicht mehr, nur für die Kinder und für sich. Er ging meist auswärts in ein Lokal zum Essen. Sie konnte auch frei über die Hälfte ihres Kontos verfügen und das war nicht gerade wenig. Sie hatte doch wirklich alles, was sich eine Ehefrau wünschen konnte. Er verstand sie einfach nicht und er beschloss nicht mehr länger darüber nachzudenken. Er lief weiter am Waldrand entlang und konnte nur schwer seine Gedanken anhalten. Er wollte an etwas Erfreulicheres denken und dachte an Pia, seine Geliebte, die machte nicht so ein Theater. Gott sei Dank wusste seine Frau nichts von ihr.

Auf der Pirsch

In aller Herrgottsfrühe stieg Agi aus dem Fenster. Sie musste sich beeilen, um rechtzeitig am Treffpunkt zu sein. Ihre Freunde warteten bestimmt schon. Ihr Wecker hatte zwar pünktlich geläutet aber sie war noch sooo müde und hatte noch einmal kurz die Augen geschlossen. Daraus wurde dann fast eine Stunde.

Jetzt hatte sie ein schlechtes Gewissen, weil ihre Freunde auf sie warten mussten. Beim Laufen peitschten ihr die Zweige um die Ohren, auch stolperte sie mehrmals über Baumwurzeln. Dort war die Lichtung! Sie lief auf diese zu und sah niemanden. Waren sie schon gegangen? Hatte sie sich etwa in der Zeit geirrt? Agi stand ratlos zwischen den Bäumen und beschloss noch ein wenig zu warten.

Sie nahm sich einen langen Grashalm, legte ihn zwischen die Daumen und blies schräge Töne in die Morgendämmerung. Als der Halm gerissen war, nahm sie einen Stock und schrieb Worte in den staubigen Waldboden: Gratumani, Scherikampo, Lagorini.... *Komisch, was war das für eine Sprache*, überlegte sie. Da krachte es hinter ihr. Torri kam atemlos heran gestolpert. „Hi, ich bin spät dran, nicht wahr?", meinte er. Agi nickte. „Wo sind denn die anderen?" Agi zuckte mit den Schultern. „Keine Ahnung." Torri, ein Junge mit sehr kurzen, schwarzen Haaren setzte sich neben sie. Er las die Worte, die auf dem Boden standen. „Was bedeutet das?", wollte Torri wissen. „Das ist kirgisisch", log das Mädchen. „Echt? Woher kannst du das?" „Ich bin heute aufgewacht und dann konnte ich das!", meinte Agi.

„Kannst du noch mehr?" „Natürlich!", erwiderte sie. Torri sah sie abwartend an. Agi griff zum Stock und schrieb: Barlanuso we garabolt anorsi parasti. „Was heißt das?", wollte Torri wissen. „Das heißt, diese Stinkstiefel haben uns im Stich gelassen." Der Junge grinste sie an: „Na, dann machen wir es alleine oder?" Agi nickte.

Sie erhoben sich und liefen in Richtung aufgehende Sonne. Sie stoppten ihren Lauf, als sie den Jägerstand ausmachen konnten. Torri legte den Zeigefinger auf die Lippen und sie schlichen beinahe lautlos weiter. Sie näherten sich von der Rückseite des Jägerstandes her. Der Jäger saß bereits dort oben, das Gewehr im Anschlag. Es war der alte Förster Eberl.

Die Kinder hatten sich geschworen, ihm das Leben schwer zu machen. Seit im letzten Jahr, sein 15 Jahre alter Jagdhund gestorben war, konnten sich die vier Kinder unbemerkt nähern, um ihm die Jagd zu verderben. Vor zwei Jahren hatten die Waldpiraten, wie sie sich nannten, mitbekommen, dass der alte Eberl ein Reh geschossen hatte. Es war in ihre Seelen gefahren, denn der Alte sah schon recht schlecht und brauchte acht Schuss, ehe das Reh wirklich tot war. Daraufhin hatten sie den Pakt geschlossen und geschworen, dass sie seine Schlachtereien in Zukunft verhindern würden.

Agi stieg auf den nächstliegenden Baum, um besser sehen zu können. Als sie gut und sicher auf dem untersten Ast saß, holte sie ihre Pfeife heraus und hielt Ausschau. Da, eben kam eine Rehmutter mit ihrem Kitz auf die Lichtung, gut sichtbar. Agi machte das verabredete Zeichen und beide hoben die Pfeifen an die Lippen. Ein ohrenbetäubender Lärm entstand, beide schlugen zu den grellen Pfeiftönen auch noch mit Stöcken auf die nächstliegenden Bäume. Agi sah noch, dass Reh und Kitz im Dickicht verschwanden, dann sprang sie gewandt vom Ast und beide Kinder rannten so schnell sie konnten. Als sie nach zehn Minuten Dauersprint atemlos aus dem Wald stürmten, ließen sie sich ins Gras fallen und kicherten. „Mission erfüllt", schrien sie aus vollem Halse und salutierten voreinander. Sie grinsten sich an, dann stoben sie in verschiedenen Richtungen auseinander.

Während sie liefen, rief Torri noch „Morgen wieder, selbe Zeit, selber Ort!" Agi schrie zurück: „Noch drei Nächte, dann ist Schonzeit!"

Die Übermutter

Sie ging stolz und aufrecht die Straße entlang. Den Kinderwagen vor sich herschiebend, lächelnd und zufrieden. Es war ihr egal, dass die Menschen hinter vorgehaltener Hand tuschelten, wenn sie vorüber ging. Sie wusste, sie gönnten ihr dieses Kind nicht, weil es nicht üblich war, mit 45 Jahren noch ein Kind zu gebären. Sie wünschte sich dieses Kind schon so lange und nach den vielen Fehlgeburten hatte es nun endlich geklappt. Sie war glücklich, ihr Lebenstraum war nun doch noch erfüllt worden. Dass ihr Mann sie verlassen hatte, störte sie nicht mehr. Sie nannte ihren Kleinen, Benjamin, den Erstgeborenen und es würde wohl auch ihr Letztgeborener sein. Aber was spielte das jetzt noch für eine Rolle.

Wenn ihr Junge mit sechs oder sieben Jahren in die Schule käme, wäre sie schon über Fünfzig, aber heutzutage wäre man mit 50 Jahren noch jung. Sie setzte sich auf die Parkbank, holte den Spiegel hervor und zog mit dem Lippenstift die Konturen nach. Kritisch musterte sie ihr Gesicht. Sie sah wesentlich jünger aus, als sie war. Sie könnte gut als Enddreißigerin durchgehen. Seit der Schwangerschaft wirkte sie etwas hager im Gesicht, aber sie hatte am nächsten Tag einen

Friseurtermin. Kürzere Haare würden ihr Gesicht wieder voller erscheinen lassen.

Klein-Benjamin fing an zu schreien. Sie stand schnell auf. Sie wusste, er liebte das Schaukeln und so ging sie, den Kinderwagen kräftig wiegend, weiter in Richtung Spielplatz. Zehn Minuten später saß sie dort auf der Bank, beobachtete gebannt die Kinder auf der Rutsche und im Sandkasten. Bald würde Benjamin auch auf einer der Schaukeln sitzen und im Sand mit Eimer und Schaufel spielen. Er schlief jetzt und das Kindergeschrei um ihn herum, schien ihm nichts auszumachen.

Sie träumte weiter von der Zukunft, sah ihren Liebling forsch die Leiter zur Hängebrücke, die zur Rutsche führte, hochsteigen. Äußerst geschickt balancierte er über die schwebenden Balken und stolz verfolgte sie sein mutiges Klettern auf den höchsten Punkt. Schließlich sah sie ihn schon im Geiste, wie er ohne Furcht die Rutschbahn hinunter jagte und mit einem fröhlich, glucksenden Lachen unten ankam.

Eine andere Mutter nahm neben ihr Platz. Sie hatte auch einen Kinderwagen neben sich und redete gerade mit einer etwa Dreijährigen: „Sei vorsichtig Kind", mahnte sie. Und als das Kind mit den anderen tobte, wandte sie sich an ihre Nachbarin: „Sie ist immer so stürmisch!" Dann meldete sich ihr zweites Kind im Wagen mit klagenden Tönen. Sie bückte sich, nahm es heraus und legte es an ihre Schulter. „Sie ist hungrig, lange können wir nicht bleiben. Ich stille zwar, aber hier ist es zu unruhig." Sie ging eine Weile mit dem Säugling auf dem Arm hin und her und beugte sich schließlich zu dem Kinderwagen der fremden Frau mit den Worten: „Wie alt ist denn Ihres?" Sie blickte hinein und erstarrte. Der Kinderwagen war leer.

Auf der anderen Seite der Insel

Laura war außer sich. Wie konnte das nur passieren? Aber es half kein Jammern, sie musste versuchen zu retten, was zu retten war. Aber gab es da überhaupt noch etwas zu retten? Doch, sie würde es mit ganzem Herzen versuchen. Der Schmerz in ihr wurde von Minute zu Minute größer. Sie fürchtete, dass er sie irgendwann zerreißen würde.

Sie lief an den Strand, dort wo alles seinen Anfang genommen hatte. Die Tränen strömten über ihr Gesicht, als sie dort saß und auf das unruhige Meer hinausschaute. Dort war er verschwunden. An genau dieser Stelle hatte sie ihn vor 20 Jahren verabschiedet. Er wollte nur ein halbes Jahr wegbleiben, hatte sich verdingt für diese Ölfirma, wollte viel Geld verdienen, für seinen Sohn, wie er sagte. Es war das letzte Mal dass sie ihn sah. Hier an dieser Stelle holte ihn das kleine Boot ab. Weit draußen war der Tanker zu sehen, zu dem er damals gebracht wurde. Sie hatte schon längst einen sichtbaren runden Leib, als sie die Nachricht erhielt, dass er auf der Ölplattform ums Leben gekommen war. Verbrannt, hieß es, alle seien verbrannt oder ertrunken. Vier Tage nach dieser Hiobsbotschaft lag sie immer noch im Koma.

Die Nachricht hatte ihr den Boden unter den Füßen weggezogen und sie war bewusstlos zusammengesunken und lange nicht mehr aufgewacht.

Viele dachten, sie würde es nie mehr tun. Doch am fünften Tag kam sie wieder zu sich, aber sie hatte ein ganzes Jahr lang geschwiegen. Das Kind kam wenig später zur Welt, zu früh, aber lebensfähig. Laura hatte es einfach ignoriert. Wenn man es neben sie legte oder es ihr in ihre schlaffen Arme legte, sah man kein Lebenszeichen in ihr. Die Augen waren zwar offen, aber es war kein Funken in diesen zusehen. Auch als sie sich wieder bewegte und den alltäglichen Dingen nachkam, ihren Sohn würdigte sie mit keinem Blick. Er kam zu Verwandten auf der anderen Seite der Insel und sie fragte nie nach ihm.

Jetzt neunzehn Jahre später war plötzlich Ruben, ihr Sohn, vor ihr gestanden. Wortlos, aber voll auch mit Vorwürfen in seinen Augen. Sie hatte ihn einfach vergessen. Nein, hinausgedrängt aus ihrer Seele, hinausgetrieben, zusammen mit ihrem damaligen Schmerz. Jetzt war alles wieder da, der unsagbare Schmerz und die Wut auf ihr Schicksal, das ihr die Liebe genommen hatte. Sie war ihm damals entkommen, aber nicht für immer.

Sie blickte immer noch auf das tosende Meer hinaus und plötzlich wusste sie, was zu tun war. Sie kehrte zurück in ihr kleines Haus, packte ein paar Sachen zusammen und machte sich auf den Weg, zur anderen Seite der Insel.

Welana und die 7 Welten

Welana war goldrichtig. Sie war beliebt, gefragt, schön und begehrenswert und die Männer liefen ihr scharenweise hinterher. Es gab eigentlich keinen Grund sich zu beklagen. Überall wo sie hinkam, flogen ihr die Herzen zu. Wenn sie ein Fest besuchte oder nur in einer lockeren Runde mit anderen zusammen war, sorgte sie mit ihren Geschichten und Erzählungen aus dem Leben für totale Unterhaltung. Sie konnte unentwegt reden und alle lachten und fanden das, was aus ihrem Mund kam, sehr unterhaltsam und spannend.

Für sie selbst war dies ganz normal und eigentlich kannte sie es gar nicht anders. Soweit sie sich zurückerinnern konnte, war es schon immer so.

Sie hatte immer schon die uneingeschränkte Aufmerksamkeit ihrer Umgebung und man hörte ihr gerne zu. Aber tief in ihr, war trotz der Redegewandtheit, ein Raum, in dem sie sprachlos war. Eine Art innerer Bereich, für den sie keine Worte hatte und selbst das Hindenken in diesen Raum war mühsam. Sie verstand nicht, warum dies so war und oft dachte sie, sie bilde sich das nur ein. Aber es schien so, dass diese

Wortlosigkeit, immer öfter zu spüren war und dann kam es ihr auch so vor, dass sie vor allem in den wesentlichen Bereichen ohne Sprache war. An der Oberfläche war sie spritzig, fröhlich und wortgewandt wie immer. Aber sie hungerte danach, sich anders mitteilen zu können.

Sie verspürte ein tiefes Bedürfnis, diese Unzulänglichkeit loszuwerden. Sie wusste genau, dass sie niemals von denen, die um sie herum waren, verstanden werden konnte, in dem was sie fühlte. So kam es, dass sie sich unendlich einsam fühlte, trotz der vielen Menschen, die sie ständig um sich hatte. Immer wieder schob sie diese Gedanken von sich, die ihr selbst fremd waren.

Eines Tages aber begegnete ihr ein Mann, der sie derart intensiv anschaute, dass ihre Knie ganz zittrig wurden. Es war ihr unangenehm, diesem Blick standzuhalten. Es war ihr, als schauten diese Augen bis tief in ihre Seele und leuchteten ALLES in ihr aus, so dass er ihr ganzes Wesen vollständig erfasste. Das war ihr unheimlich. Wenn ihre Knie nicht so schwach und zittrig gewesen wären, hätte sie in Windeseile die Flucht ergriffen.

So aber hielt sie sich am Gelände des Aussichtsturmes ganz fest und schaffte es nur mühsam, den Blick abzuwenden. Aber auch das schien nicht viel zu helfen, denn nun spürte sie seinen intensiven Blick auf ihr ruhen. Der ganze Aussichtsturm fing an sich zu drehen und machte es ihr unmöglich, sich zu bewegen. Festgeklammert an dem Eisengestell, den Blick auf die schwankende, sich drehende Landschaft gerichtet, verlor sie beinahe das Bewusstsein.

An der Seite, an welcher der junge Mann stand, spürte sie ganz starke Energien. Dieser Zustand dauerte unendlich lange, so schien es ihr, indem sie wie in einer Lähmung verharrte. Dann allmählich normalisierten sich die Drehbewegungen, die Landschaft unter ihr fühlte sich wieder fest an und auch ihre Füße konnten wieder richtig auf dem Boden stehen. Ihre Hände, an denen die Knöchel weiß hervortraten, konnte sie jetzt langsam von dem Geländer lösen. Sie fühlten sich wie in einem Krampf an, aber sie konnte sie wieder bewegen und die Starre löste sich allmählich. Sie blickte nach rechts, aber der mysteriöse Mann war verschwunden. An der Stelle, wo sie seine Gestalt gesehen hatte, glänzte jetzt ein funkelnder Stein. Sie schaute sich weiter um, aber es war niemand auf der ganzen Plattform zu sehen. Sie ging langsam auf die blinkende Stelle zu und bückte sich. Da sah sie, dass es nur ein kleiner weißer Kieselstein war, aber sehr weiß und die Oberfläche funkelte in den herrlichsten Regenbogenfarben. Sie hob ihn auf und bemerkte, dass dieser eine Herzform hatte. Sie betrachtete ihn lange in ihrer Hand und sie spürte ein Schaudern.

Heimatlos

"Hallo Kleines, hast du dich verlaufen?"

"Nein", antwortete Filda.

„Aber was machst du dann hier allein im Wald?", wollte der Doktor aus dem Dorf wissen.

"Ich bin Tarzan."

„Wie das, bist du nicht ein Mädchen?"

"Doch, aber ich bin auch Tarzan."

Der Arzt überlegte, was er in so einem Fall antworten könnte. Es fiel ihm nichts ein und so gingen sie eine Weile schweigend nebeneinanderher.

"Tarzan ist stark. Keiner kann ihm etwas anhaben und er überlebt im Wald ganz allein, er braucht keine Hilfe", plauderte Filda los.

„Und du brauchst auch keine Hilfe?"

"Nein, ich brauche niemanden!"

„Aber hatte Tarzan nicht Freunde?"

"Doch, die Tiere des Urwalds und später dann Jane."

„Aha, hast du Freunde?"

"Hmm, noch nicht, aber ich finde welche!"

„Das ist gut und wo wirst du sie suchen?"

"Überall", meinte Filda trotzig.

Sie gingen wieder eine Weile schweigend auf dem Waldweg weiter. Er überlegte fieberhaft, wie er ihr Vertrauen gewinnen könnte. Er konnte sie hier unmöglich zurücklassen. Aber er war nur in seiner Mittagspause in dieses Waldstück gegangen und musste jetzt zurück in seine Praxis.

„Ich habe dich hier noch nie gesehen", meinte er und das war die Wahrheit, denn er kannte alle Kinder des Dorfes. Sie musste neu zugezogen sein. Er musterte sie. Die Kleidung war ein wenig altmodisch, wie aus einer anderen Zeit. Auch war der Saum an einigen Stellen heruntergerissen und verschmutzt. Aber sie war gut genährt und scheinbar gesund.

„Wie heißt du?", begann er wieder zu fragen.

Unwirsch antwortete sie: *„Das weißt du doch, ich bin Tarzan."*

„Gut, Tarzan, hast du Durst?"

Sie blickte ihn scheu von der Seite an: *„Ja"*, hauchte sie.

„Ich weiß da vorne einen Bach. Das Wasser ist sauber und trinkbar, soll ich dich hinführen?"

Sie nickte unmerklich und er zeigte nach Süden: „Dort ist er, gleich da vorne, man kann ihn schon hören".

Als sie ankamen, lief sie sofort mit den nackten Füßen in den Bach, schöpfte mit beiden Händen das Wasser und trank lange. Sie war offensichtlich durstig. Danach setzte sie sich an das Ufer und wusch ihre schmutzigen Füße.

„Oh, das sieht nicht gut aus", meinte der Doktor, mit Blick auf ihre Zehen. „Tut das weh?"

„Nur ein wenig", flüsterte sie fast.

„Ich bin Arzt, und ich könnte dir eine Salbe drauf tun und ein Pflaster, damit es schnell heilt." Sie antwortete nicht, sondern starrte auf das glitzernde Wasser. Sie sah traurig aus.

„Meine Praxis ist nicht weit von hier, willst du mitkommen? Du könntest dort auch ein wenig zu Essen bekommen." Sie sah ihn misstrauisch von der Seite an.

„Gut, aber danach muss ich gleich nach Hause", betonte sie.

Sie gingen den Weg wieder zurück und nach einer halben Stunde sahen sie die Dächer der ersten Häuser des Dorfes. Filda wurde immer unruhiger*: „Und ich kann danach gleich wieder gehen?"*

„Ja, natürlich, glaubst du denn, ich fresse kleine Kinder".

„Ich bin nicht klein, ich bin schon Acht."

„Oh, entschuldige", murmelte Dr. Frisko.

Irgendwas stimmte nicht mit der Kleinen, sie war so fahrig und ängstlich und breitete sofort die Stacheln aus.

Als sie vor der Praxis ankamen, wartete vor der Haustüre eine dreifarbige Glückskatze, so nennt man die schwarz-weiß-rot-felligen Katzen. Dr. Frisko stellte sie ihr vor: „Das ist Jane, deine Frau!" Filda kicherte los und auch der Arzt stimmte laut mit einem Lachen ein, während Jane, die eigentlich namenlos war und nur Mieze gerufen wurde, um Fildas Füße strich und sich von ihr streicheln ließ.

Das Eis war gebrochen und sie betrat die Praxis mit staunenden Augen. Er wandte sich an Filda: „Heute ist Mittwochnachmittag und eigentlich ist da meine Praxis zu. Aber es kommt heute noch ein Patient, den ich trotzdem noch verarzten muss. Es wird aber nicht lange dauern. Magst du mit Jane in der Küche warten?" Sie nickte.

„Du kannst Jane füttern, sie ist sicherlich hungrig. Das Essen steht im Kühlschrank dort." Mit diesen Worten ging er um die Türe zu öffnen, denn es hatte gerade geläutet.

Filda spielte noch ein bisschen mit der Katze und ging dann auf den großen weißen Schrank zu, auf den der Doktor gedeutet hatte. Sie öffnete die Türe mit all ihrer Kraft und war fassungslos von all den Esswaren, die da standen. Erst jetzt merkte sie, wie hungrig sie war. Jane, bzw. Mieze, strich maunzend weiter um ihre Füße, sie schien auch hungrig. Sie gab Ihr ein wenig aus der Dose, auf der eine Katze abgebildet war. Sie stülpte dazu einfach den Inhalt auf den Boden. Und Jane machte sich hungrig darüber her. Filda schaute lange das im Kühlschrank liegende Essen an und konnte nicht widerstehen. Sie nahm eine große Wurst und den Käse und schlang schnell alles in sich hinein. Dann fand sie noch ein Schälchen mit weißem Brei, der unglaublich lecker und süß schmeckte.

Sie biss auch in die halbe Melone hinein und probierte eine Banane. Auch an der Butter und dem Senf leckte sie. Für sie war das das Schlaraffenland, wie es in ihrem Buche stand, dass sie so oft gelesen hatte.

Sie kniete immer noch vor dem Kühlschrank, als plötzlich der Arzt hinter ihr stand. „Schmeckt's?", fragte er sie. Sie sprang erschreckt hoch und rief immer wieder: *„Tut mir leid, tut mir leid!"* Er lächelte sie beruhigend an und meinte: „Was denn, ist doch prima, wenn es dir schmeckt." Sie stand mit großen, ängstlichen Augen und völlig verschmiertem Gesichtchen vor ihm. Schützend hatte sie den Arm hoch gehalten, so als erwartete sie gleich Schläge.

„Bist du satt?", fragte er und sie nickte. „Dann machen wir jetzt den Kühlschrank wieder zu, nicht wahr?" Er schloss die Türe und sagte betont lustig: „So, Tarzan, jetzt kommen deine Füße dran, setz dich mal dorthin." Er holte

Verbandszeug und Desinfektionsmittel und betrachtete ihre Zehen und Füße. Sie hatte viele Schrunden an den Füßen und eine dicke Hornhaut an den Sohlen, ein Zeichen, dass sie die meiste Zeit barfuß lief. Auch die Knie waren mehrfach aufgeschlagen und unter dem abgerissenen Ärmel ihres Kleides sah er einen Bluterguss an der rechten Schulter. Sonst schien sie heile zu sein, aber sicher war er sich nicht. Aber er wagte nicht, sie zu bitten, sich auszuziehen.

Am Schienbein war eine Beule, er tastete sie ab und kam zu dem Schluss, dass sie wohl dort einmal einen schlecht zusammengewachsenen Bruch gehabt hatte. Er fragte nicht, er wollte sie nicht noch mehr verängstigen. Es kam jetzt darauf an, ihr Vertrauen zu gewinnen. Mieze hatte sich zutraulich auf ihrem Schoß eingekuschelt und er erklärte ihr einige Gegenstände in der Praxis und auch, was er als Arzt so alles machte. Sie war jetzt ganz ruhig geworden und er bemerkte schließlich, dass sie sehr müde war. Er sagte ihr, dass er schnell nach seiner Mutter schauen müsste, die hätte ein Mittagessen für ihn gekocht und würde jetzt auf ihn warten. Sie wohne gleich oben drüber und sie könne gerne mitkommen und mitessen. Sie schüttelte den Kopf und meinte, sie würde bei

Jane warten. Im ersten Stock, oben bei seiner Mutter, erzählte er ihr die Geschichte und sie beratschlagten beide, was nun zu tun sei. Eigentlich hätten sie das Mädchen zur Polizei bringen müssen, aber die Kleine war sowieso schon so verängstigt, dass ihnen diese Lösung nicht gut erschien. Sie beschlossen, dass das Mädchen erst einmal die Mutter des Arztes kennenlernen sollte, vielleicht konnte die mehr aus dem Mädchen herausbringen.

Sie gingen in den Praxisraum, da lag Filda eingekuschelt auf der Liege, zusammen mit Mieze. Frau Frisko legte noch eine Decke um sie und setzte sich daneben.

Filda schlief ganze drei Stunden, sie schien sehr erschöpft gewesen zu sein. Dann erwachte sie und rieb sich die Augen. Filda zuckte zusammen, als sie die fremde Frau da sitzen sah.

„Hallo Mäuschen, ich bin die Mutter vom Doktor, der dich im Wald gefunden hat. Keine Angst, ich sitze hier nur, weil ich aufpassen wollte, dass du nicht von der Liege plumpst. Guck die Mieze ist auch noch hier unter der Decke. Ich ruf mal meinen Sohn." Sofort kam Dr. Frisko: „Na, aufgewacht? Gut geschlafen?" Sie nickte.

„Willst du wieder nach Hause oder noch ein wenig bleiben?" Filda antwortete nicht. Frau Frisko brachte ihr ein großes Glas Orangensaft und meinte: „Wenn du willst, zeig ich dir den Garten. Ich habe auch noch kleine Hasen dort." Als Filda keine Einwände erhob, streckte Frau Frisko ihr die Hand hin und führte sie hinters Haus zu den Hasenställen. Das Mädchen stieß einen kleinen Juchzer aus, als sie die große Mutterhäsin mit ihren vier Jungen sah. „Du kannst sie in den Auslauf da tun, ich zeig dir, wie du sie halten musst." Filda nahm vorsichtig, wie es ihr gezeigt wurde, jedes einzelne kleine Häschen und legte es zart in den Gitterkasten. Das letzte hielt sie lange im Arm und streichelte es zärtlich und sprach mit ihm. Frau Frisko versuchte die Worte zu verstehen, die sie dem Hasen zu murmelte, aber das gelang ihr nicht.

Am späten Nachmittag kam Dr. Frisko wieder und meinte: „So jetzt wird es Zeit, dass du wieder nach Hause gehst. Deine Mutter wartet sicher schon. Ich bringe dich, damit du dich nicht wieder verläufst." Filda starrte ihn erschrocken an: *„Nein, ich kann schon alleine gehen"*.

„Das geht nicht Mädchen, das kann ich nicht verantworten. Natürlich bring ich dich."

„Nein!", rief Filda heftig.

„Aber Mädchen, dann muss ich dich bei der

Polizei abgeben, ich würde bestraft werden, wenn ich dich einfach so gehen ließe."

"Nein, das geht nicht!"

„Aber warum denn nicht?"

„Weil..."

„Also komm jetzt, wir gehen, da führt kein Weg dran vorbei."

Er nahm sie bei der Hand, und sie gingen los. Filda war ganz still geworden. Als der Arzt sie von der Seite betrachtete, sah er, dass ihr Tränen über die Wangen liefen. Er setzte sich auf einen Baumstamm und bat sie, sich neben ihn zu setzen.

„Was ist denn los, bitte sag es mir. Du kannst mir alles, wirklich alles sagen." Sie schüttelte den Kopf und ihr liefen weiter die Tränen über die Backen. „Soll ich dich ein Stück Huckepack tragen?" Sie sah ihn verständnislos an. „Na, komm ich zeig es dir." So trug er sie auf dem Rücken, und es schien ihr Freude zu machen, weil sie aufgehört hatte zu weinen. Er spielte das Spiel „Pferdchen", sie musste ihm immer die Richtung mit Hüh und Hott sagen. Auf diese Art erreichten sie schließlich einen recht heruntergekommenen Hof, der offensichtlich nicht mehr bewirtschaftet wurde. „Wohnst du da?" Er ließ sie vom Rücken und sie nickte. „Willst du nicht reingehen?"

„*Nein*", flüsterte sie.

„Gut warte hier, genau hier. Ich gehe voraus, okay?" Er rief ein Hallo, aber alles war still. Auch sein weiteres Rufen blieb erfolglos. Er klopfte mehrmals an die Haustüre, die einen Spalt offen war und betrat schließlich das Haus. Erschüttert sah er die verwahrlosten, schmutzigen Räume und auch der Geruch war beinahe unerträglich. Er öffnete vorsichtig alle Türen, überall das gleiche Chaos. Ganz hinten gab es noch eine Türe und als er sie nach den Anklopfen öffnete, kam ihm eine Welle unerträglichen Gestanks entgegen. Eine Gestalt lag auf dem Bett.

Es war kaum noch zu erkennen, ob sie männlich oder weiblich war. Sie war schon in Verwesung übergegangen. Als er sich näherte, stob eine Fliegenwolke hoch. Er war einiges gewohnt, aber dies veranlasste ihn, sofort den Raum zu verlassen. Er ging schnell hinaus zu der Kleinen. Sie stand da, völlig erstarrt und zitternd. Er umarmte sie und versuchte sie zu beruhigen. Dann nahm er sie wortlos an der Hand und sie verließen den Hof.

Allmählich hatte er sich wieder soweit im Griff, dass er mit der Kleinen reden konnte. „Ist das da drin deine Mutter?" Filda schüttelte den Kopf: „*Meine Großmutter.*" „Wie lange wohnst du schon hier?" „*Schon immer*", antwortete Filda. „Und bist du zur Schule gegangen?" *„Nein, aber sie hat mir das Lesen beigebracht und auch das Rechnen."*

„Das ist gut." Und nach einer Weile weiterem Schweigen: „Hör zu, dahin kannst du nicht zurück, du kommst jetzt erst mal wieder zu uns und ich werde mich um das Weitere kümmern, einverstanden?" Sie nickte stumm.

Als Filda schon längst bei der Mutter vom Doktor im Bett schlief, hatte die Polizei sich bereits auf den Weg zu jenem Hof mit der Leiche gemacht. Der Arzt hatte sie informiert. Auch telefonierte er am Abend noch mit dem Jugendamt und gemeinsam wurde beschlossen, das Mädchen erst mal dort zu lassen, wo es schlief.

Es stellte sich ein paar Tage später heraus, dass Filda, kurz nach der Geburt, von ihrer Mutter bei den Großeltern abgegeben wurde. Nach dem Tod des Großvaters zog die Großmutter das Kind in aller Abgeschiedenheit alleine groß. Die Mutter war drogensüchtig gewesen und eines Tages tot auf der Straße gefunden worden. Sie war vollgepumpt mit Drogen. Stundenlang ist sie im Schnee gelegen und schließlich erfroren. Niemand wusste von der Existenz des kleinen Mädchens und die alte Frau war von der Situation völlig überfordert gewesen. Gebrechlich und herzkrank war sie offensichtlich Nachts im Bett für immer eingeschlafen. Filda war wochenlang allein im Wald um den Hof herum geschlichen und ernährte sich von den spärlichen Resten im Haus und von Beeren und Obst, die sie fand.

Filda kam nach einigen Wochen in eine nette Pflegefamilie und durfte auch gleich in die zweite Klasse der Schule am Ort. Sie war sogar den meisten Gleichaltrigen voraus, denn sie hatte viel gelesen und die Geschichten in ihren Büchern immer wieder abgeschrieben. Auch im Rechnen war sie nicht schlecht gewesen, da sie bei der Großmutter immer die Eier der Hühner gezählt und eingesammelt hatte. Zwar musste sie vieles noch kennenlernen, weil sie sehr isoliert aufgewachsen war, aber es gelang ihr schnell sich einzugewöhnen und alles nachzuholen.

Auch der Doktor und seine Mutter besuchten sie oft und umgekehrt besuchte sie die Beiden auch. Selbstverständlich stattete sie auch den Hasen im Hof und ihrer Freundin „Jane" öfters mal einen Besuch ab. In der Pflegefamilie durfte sie auch eine Katze haben, die sie sehr liebte und sich rührend um sie sorgte. Später wurde sie von den Eheleuten der Pflegefamilie adoptiert und studierte nun in der großen Stadt Medizin. Sie wollte unbedingt Ärztin für arme Kinder werden .

Bedauernswerte Geschöpfe

Schon wieder streichelte er dieses Vieh. Wieso war er immer so zärtlich zu dieser Katze und kam nicht einmal auf die Idee, sie genau so zart zu streicheln. Sie winkte schon immer mit dem Zaunpfahl, indem sie sich sofort an ihn schmiegte, wenn er gerade wieder einmal seine Katze verwöhnte. Aber er streichelte ihr höchstens einmal über die Wange. Er verstand einfach nicht! Stattdessen schien er ihre Nähe als Aufforderung zu betrachten, von all seinen früheren Felltieren, die er schon von Kindheit an kannte, zu erzählen und konnte kaum wieder gestoppt werden.

Während sie so an ihn gelehnt verweilte, er immerfort erzählend und dabei Minka ausgiebig kraulend, spürte sie schon nach wenigen Minuten, wie ihr der Hals zuschwoll, das Atmen schwerer fiel und sie anfing zu schniefen und zu husten.

Ungerührt schwelgte er weiter in seinen Erinnerungen und fragte sie sogar, ob sie sich nicht noch ein zweites Tierchen aus dem Tierheim holen sollten. Dort wären so viele bedauernswerte Geschöpfe, die kein angemessenes Zuhause hatten.

Diese Frage musste er sich selbst beantworten, denn sie hatte sich inzwischen, aus verständlichen Gründen, in einen weitgehend Katzen freien Raum, dem Schlafzimmer, zurückgezogen. Allerdings mit einem Adrenalinschub, mit dem es schwer war, einzuschlafen. Außerdem war es noch viel zu früh dazu. Also lag sie immer noch mit laufender Nase und von Hustenanfällen geschüttelt, völlig wach im Bett und sinnierte nach verträglichen Lösungen.

Seit drei Monaten ging dies nun schon so. Auf die Schilderungen der Symptome, die bei ihr aufgrund der Katzenhaarallergie aufgetreten waren, hatte er nur ein mitleidiges Lächeln gehabt. Ihre Liebe war groß und sie war beileibe kein gewalttätiger Mensch. Aber langsam entwickelten sich bei ihr barbarische Tagträume. Nein, sie wollte sich ihr Karma nicht mit einem Mord verderben und so blieb ihr nur eine Lösung.

Als er zur Arbeit gegangen war, holte sie seinen Rasierapparat und begann, trotz heftiger Gegenwehr, das süße Kätzchen zu rasieren. Das war ein anstrengendes Stück Arbeit. Aber schließlich schaute sie zufrieden auf die wild umherspringende Minka, die immer noch unentwegt fauchte. Auf dem Kopf und dem Schwanz ließ sie der Katze noch ein kleines

Krönchen und auch das Gesicht war noch behaart. So, das war gelungen! Diese Aktion würde zumindest Abhilfe bei ihrer Allergie schaffen.

Je näher der Abend kam, und sie ihren Liebsten erwartete, desto mulmiger wurde ihr. Gegen 18 Uhr hatte sie ihre Tasche mit all ihren Habseligkeiten gepackt und verließ das Haus, gerade noch rechtzeitig. Als er die Haustüre aufschloss, stand sie bereits auf dem gegenüberliegenden Gehsteig.

Sie sah wie die Lichter im Wohnzimmer angingen. Erst Stille, dann ein furchtbarer Schrei. Schnell nahm sie die Tasche auf und ging sehr beschleunigten Schrittes zum Bahnhof, den gellenden Schrei auf Lebzeiten in den Ohren.

Du Angebetete

Du Schöne, Du Zärtliche, Du Einmalige, Du Himmlische, Du Zartschimmernde, Du Einzige, Du Lebendige, Du Unvergleichliche, Du unter dem Gotteshimmel. Was täte ich ohne dich, Du bist mein Leben.

Ich liege neben Dir, bewundernd, aufgelöst in Gefühlen der Freude. Du machst mich zuversichtlich, hoffnungsvoll, hältst mich am Leben.

Ich umarme dich, bin Dir ganz nahe, rieche Deinen köstlichen Duft, labe mich an Dir. Ich bin ganz im Jetzt, in vollkommener Einheit mit Dir. Ohne dich würde ich sterben oder mich mit Gewöhnlichem abfinden müssen. Du allein bist meine Labsal, mein Trost, meine Heimat, Geborgenheit. Wärest Du nicht, so fühlte ich mich verloren.

Ich liege auf Dir mit Wonne. Deine zarte Haut ist weicher als alles was ich kenne. Dein zarter Duft umfängt und verwirrt mich ebenso wie er mich betäubt. Kein Schmerz, kein Traurigkeit gibt es in Deiner Nähe, keine Angst vor dem Tod, wenn ich Dir nah sein kann. Es gibt keine Vergangenheit, keine Zukunft zählt, nur das Jetzt. Und bereits beim Gedanken daran, dich zu verlassen, überkommt mich die Sehnsucht nach

Deinem betörenden Geschmack und ich schaffe es nicht rechtzeitig vor der Dunkelheit in mein gewohntes Heim zurückzukehren. Ich bleibe bei Dir, bin abhängig, süchtig nach Dir, unfähig dich zu verlassen. Es gibt nur eins, dich, für immer, bis zum Ende meines Lebens. Und als die klamme Kühle der Dämmerung eintritt, mich bis zu meinem Kern durchdringt, schließt Du Deine zarten Arme um mich, wärmst mich, rettest mich vor dem sicheren Erfrieren. Dein Geruch wird in Deiner liebevollen Umarmung immer stärker und mir scheint es, als nähme ich mit jedem Atemzug Opium auf in meine Lungen. Ich schlafe tief ein und habe die schönsten Träume meines kurzen Lebens. Und nur diese Träume zählen und ich will nie mehr aufwachen, für immer in dieser Umarmung bleiben. Mein Körper ruht in Glückseligkeit an Deinem Herzen, schmiegt sich ganz wohlig in die zarten Falten.

Am Morgen als die Sonne schon eine Weile am Himmel stand, erwachte die blassgelbe Chrysantheme. Sie dreht ihr Köpfchen zur Sonne und öffnet ihre Blütenblätter. In der Mitte, nahe an ihrem Blütenherz, liegt eine kleine Hummel, sie hatte wohl nicht rechtzeitig nach Hause gefunden. Die wundervolle Blume lässt den kalten Körper los und nun gleitet die Hummel sanft das unterste Blütenblatt hinab in das vomMorgentau nasse Gras.

Puschels Seelenreise - Nachruf

Die Umstände seiner Geburt waren unbekannt, er wusste nur noch, dass er drei Geschwister hatte, mit denen er um die Zitzen seiner Mutter kämpfte. Er war stark und setzte sich immer durch. Er wollte leben, er hatte eine wichtige Aufgabe. Zum Glück wissen Katzen immer, warum sie auf die Erde kommen. Das große Vergessen ereilt sie nicht. Warum? Weil sie es nicht ausplaudern können und weil ihr Katzenleben zu kurz ist , um sich zu erinnern. Sie wissen es vom ersten Augenblick an, warum sie hier sind. Sie wissen, dass sie Helfer und Heiler der Menschen sind und Puschel wusste es auch.

Er war ihr Liebling gewesen, aber sie war schon etwas grob zu ihm. Sie hob ihn immer hoch mit ihren Patschhändchen und weil er so schwer war, drückte sie ihn viel zu fest an sich. Lustig war das nicht für ihn und auch sein Abgang war nicht gerade eine Wohltat. Viel zu früh starb er im Alter von zwei Jahren unter schlimmen Krämpfen in seinen Eingeweiden. Seine Mission hatte er in der kurzen Zeit nicht erfüllen können.

Diesmal aber, 40 Jahre später, hatte er einen ganz anderen Plan. Er war gekommen, um ihr in einer schweren Zeit beizustehen. Er war acht Wochen alt, als er in den Haushalt kam. Da war schon eine weibliche Katze, sie war nicht besonders erfreut, über die Konkurrenz und so verspielt wie Puschel war, bekam er viele Ohrfeigen von ihr. Aber Puschel war furchtlos und er schaffte es immer als erster den besten Platz auf Frauchens Körper zu ergattern. Sein Lieblingsplatz war auf ihren Schultern, dort ringelte er sich dann um ihren Hals, wobei er sie immer mit den Schnurrhaaren kitzelte bis sie nieste.

Wenn sie in einem Buch las und sie las viel, war er, Iwar, immer dabei und legte eine Pfote auf die aktuelle Seite. Meist lies sie ihn gewähren und es klappte auch sie vom Computer wegzulocken. Zuerst sprang er immer auf ihre Schulter und nach einer Weile schaffte sein Frauchen es auch, in dieser Schiefhalslage weiter zu schreiben. Doch spätestens nach zehn Minuten musste er doch herunter, weil die Schmerzen in ihrer Schulter zu arg wurden. Da gab er aber noch lange nicht auf. Den nächsten Anlauf machte er, indem er auf den Bildschirm sprang. Dort legte er sich der Länge nach hin und sein buschiger Schwanz hing genau über die Mitte des Bildschirms. Wenn sein Frauchen den ganzen Bildschirm überblicken wollte, musste sie den Schwanz hochheben. So konnten sie es beide eine Weile aushalten.

Und natürlich folgte er ihr auf Schritt und Tritt, wenn er nicht gerade schlief. Es war schließlich ganz spannend, was sie alles tat. Außerdem redete sie dann meistens mit ihm. Puschel dachte ohnehin er wäre ihr Partner. Ihre Tochter sperrte ihn immer aus ihrem Zimmer aus. Aber mit seinem Frauchen durfte er überall hin. Am tollsten war es im Bett, dort hatte er den „Königsplatz" gleich neben ihrem Kopfkissen. Seine Schwester schlief an den Füßen und machte ihm zum Glück niemals seinen Platz streitig. Wenn es Zeit war zum Aufstehen, das hieß, wenn er hungrig war, schnurrte er ganz nah an ihrem Ohr und kitzelte sie mit den Barthaaren. Das war immer der schönste Moment des Tages. Sie kuschelten dann noch eine Weile und erzählten und schnurrten.

So lebte Puschel und seine Dosenöffnerin friedlich zusammen. Dieser außergewöhnliche Kater konnte sein Frauchen immer glücklich machen, weil er immer da war und sie mit jemanden reden konnte und ihn gerne streichelte. Und vor allem, sie wurde geliebt, aus meinem ganzen Katerherzen schenkte ich ihr meine Liebe. Nach elf Jahren begann es dann, dass er sich nicht mehr so wohlfühlte. Ich hatte immer Durst und ich erbrach mich auch öfters. Ich wusste, es war langsam Zeit zu gehen. Sein Instinkt sagte, dass seine Aufgabe bald erfüllt sein würde. Mit seinen Nieren stimmte etwas nicht. Eine Weile noch konnte er es vertuschen, dass es ihm immer schlechter ging. Puschel wollte ihr keine Angst machen. Außerdem sind Katzen sehr zäh und tapfer. Als sie dann mit ihm zum Tierarzt fuhr, war es eigentlich schon zu spät. Seine Nieren arbeiteten kaum noch und er wusste aber, dass er noch ein Weilchen durchhalten musste. Sein Frauchen war so unglücklich und wollte nicht, dass er sie verließ. In der ersten Nacht nach der Diagnose, als es ihm so schlecht ging, hielt sie mit ihm Zwiesprache. Sie vermittelte ihm unter vielen Tränen, dass sie es akzeptieren wollte, wenn seine Zeit gekommen wäre. Aber sie liebte ihn doch so sehr, so dass sie sich wünschte, er möge noch bleiben.

. Sie bat mich, mir ein deutliches Zeichen zu geben, mich gehen zu lassen, wenn es so weit wäre.

Sie wollte ihn auf keinen Fall quälen. Aber ehrlich gesagt, diese täglichen Infusionen, Spritzen und Einläufe waren die Hölle für ihn. Aber er ließ alles zu, aus Liebe zu ihr. Als sie ihn auf dem Arm hielt und er das Wasser nicht mehr halten konnte, da blickte sie ihm in die Augen und er teilte ihr deutlich mit: Lass mich gehen! Da verstand sie und am gleichen Abend noch bekam er von der Tierärztin eine sanfte Spritze und er schlief in ihren Armen ganz friedlich ein.

Eine Weile noch blieb ich in ihrer Nähe, sie war so traurig und untröstlich. Ich hatte schon Angst, dass ihr Herz zerreißen würde. Ihr Schmerz war so groß, dass sie Sturzbäche weinte, so kannte ich sie gar nicht. Deshalb widerstand ich auch dem Wunsch, zu meinen Ahnen zu gehen. Ich blieb ganz nahe bei ihr, nachts schlief ich an ihrer Seite und tagsüber begleitete ich sie überallhin. Erst nach zwei Monaten hörte diese Sintflut auf und ich konnte meine Kreise größer ziehen und die „Anderswelt" erkunden. Das war spannend und manchmal hatte ich Mühe, mich ständig an die Bande zwischen uns zu erinnern. Allmählich aber spürte ich, dass sich mein Frauchen erholte und dass ich meine Mission erfüllt hatte. Ich wusste, dass ich ihr das Wichtigste habe schenken können, nämlich die ‚Bedingungslose Liebe', die ihr noch nie jemand zuvor geschenkt hatte. Das war ein wichtiges Lehrstück für sie und gleichzeitig der Ausgangspunkt für die nächsten Schritte auf ihren Weg zu einem Leben ohne mich. Nun, war sie bereit.

Weitere schöne Kurzgeschichten und Erzählungen unter:

http://www.hilger-geschichten.jimdo.com

Sowie:

„Die Angst des Apfels vor dem Fall"
Metapher und Impulsgeschichten

„Der geheimnisvolle See"
Mystische Geschichten

Ein Kinderbuch:

„Honolulu liegt in Bayern"
Geschichten zum Einfühlen, Mitfühlen und Nachdenken